팔꿈치 세 번
부러뜨려 보지 못한
의사는
모두 돌팔이다

팔꿈치 세 번 부러뜨려 보지 못한 의사는 모두 돌팔이다

초판 1쇄 찍음 2010년 7월 5일
초판 1쇄 펴냄 2010년 7월 15일

지은이 | 하창수
사진 | 신상아

편집디자인 | 안승철
인쇄 | 한영문화사

펴낸이 | 김제구
펴낸곳 | 리즈앤북

등록번호 | 제 22-741호 등록일자 2002년 11월 15일
주소 | 121-841 서울시 마포구 서교동 463-31 플러스빌딩 4층
전화 | 02)332-4037 팩스 | 02)332-4031
이메일 riesnbook@paran.com

ISBN 978-89-90522-61-0 (03810)

팔꿈치 세번
부러뜨려
보지 못한
의사는
모두돌팔이다

하창수 지음

리즈앤북
ries & book

작가의 말

　인생이 고통의 바다(苦海)이거늘, 고통을 모르고는 고통을 당하는 자를 이해할 수도, 치유할 수도 없다. 누군가를 아프게 하는 사람은 그를 아프게 하기 위해 아프게 하는 것이 아니라, 자신의 생각과 행동이 그를 아프게 하는 줄을 모르기 때문이다. 스스로 아파 본 적이 없으니 당연한 일이다.

　만약 위정자가 그 나라를 아프게 한다면, 그 또한 아파 본 적이 없기 때문이다. 그 위정자에게는 아무리 "아프다!"고 고통을 호소해 봐야 소용이 없다. 그로 하여금 스스로 팔꿈치를 부러뜨려 보도록 해야 한다. 아니면, 참 안타까운 일이지만, 그의 팔꿈치를 부러뜨려야 한다. 그래서 "아, 이렇게 아픈 것이구나." 하고 생각하게 만들어야 한다.

외롭고 아득한 시절이다. 21세기도 10년이나 지났는데…….

2010년 6월

소양강변에서 하창수

목차

제1부 시간여행자의 친구

골목길_11 / 계단_16 / 나는 왜 죽기 위해 기도하지 않는가_19 / 나무_23 / 까치밥_28 / '동방불패'를 찾아서_32 / 11월의 아이, 그 때 아주 진지했던_37 / 쉬운 길이 좋은 길은 아니다_42 / 이발소 화랑畵廊_47 / 병 속에 든 시간_52 / 이태백을 위하여_57 / 석쇠, 모를 사람 없겠지만…_62 / 어떤 비매품 시집, 그 시인_68 / 발견되지 않는, 소설가의 생활_72 / 삶이라는 죽음_76 / 팔꿈치 세 번 부러뜨려 보지 못한 의사는 모두 돌팔이다_81

제2부 부분을 오해하지 않고는 전체를 이해할 수 없다

강江에 대해 생각함_89 / 기쁨을 멸하다_93 / 난蘭꽃_97 / 돌_99 / 물_104 / 빛과 불_107 / 시간의 지팡이를 짚고 숲으로 걸어가다_110 / 신의 힘_113 / 이끼_119 / 인터넷도 책이다_121 / 입춘첩立春帖_127 / 잘 먹고 잘산다는 것_131 / 카피와 시_135 / 더 게임_138 / 언론은 없다_141 / 잔 돌리기, 언제 끝날까?_148 / 말들의 어떤 죽음_152 / '괴물'에 대하여_156 / 나는 페미니스트가 아니다_161 / 남자들은 왜 집안일을 하지 않을까?_165

제3부 생각이 예쁘지 못한 어떤 사람의 생각

하루 일찍 달력을 걷어내도_ 174 / 성자가 오셨네_ 176 / 바다의 결핍 _ 177 / 아파도, 오, 해피 데이_ 178 / 따라가지도, 잡아끌지도 않는 삶 _ 180 / 고추밭 단상_ 181 / 어린 아버지_ 182 / 아버지 엄마_ 184 / 20년 묵은 분유통 재떨이_ 185 / 극미의 우주_ 186 / 진짜 마법_ 188 / 작은 인간_ 190 / 건강하게 죽어야 하는 이유_ 192 / 내가 사람이 아니라면_ 193 / 가슴 아픈, 아름다운 일기_ 194 / 너무 커서 보이지 않는_ 196 / 기계에 빠지다_ 198 / 가방만 보면 넣고 싶다_ 199 / 망종_ 200 / 꿈_ 204 / 똥_ 206 / 도道_ 207 / 시詩 _ 211 / 몸과 마음, 글은 무엇으로 쓰는가_ 212 / 다른 세계_ 214 / 귀천貴賤과 고하高下를 버리다_ 216 / 물이 흐르는 대로_ 218 / 안거安居_ 220 / 새벽의 의미_ 22/ / 전쟁에 대하여_ 229 / 무기력과 불가항력_ 233 / 뇌에 대한 어떤 별난 생각_ 237 / 나는 '붉은 악마'가 아니다_ 240 / 크리스마스 악몽_ 243 / 비유를 버리는 용기_ 244

제1부

●

시간여행자의 친구

삶이란 느끼는 자에겐 한 편의 비극이고,
사색하는 자에겐 한 편의 희극이다.

- 장 드 라 브뤼에르

골목길

　내가 아파트에서 살기 시작한 것은 1980년대 말이었다. 몇 번 집을 옮겨 다녔지만 매번 아파트였다. 신혼시절 잠시 상가에 딸린 집을 얻어 산 것을 빼면 20여 년을 줄곧 아파트에서 산 셈이다. 늘 지겹고 갑갑하다는 생각을 했지만 아파트가 제공하는 거역할 수 없는 혜택들로 인해 그 지겨움과 갑갑함을 필수품인 양 갖고 살 수밖에 없었다. 간단한 잠금장치 하나로 거의 완벽하게 방범이 된다는 것, 그래서 꽤 오래 집을 비워 두어도 별 걱정이 없다는 것, 비가 새는 지붕 뜯어고칠 일이 없다는 것, 지나다니는 사람들이 없어 사생활 침해 따위를 걱정하지 않아도 된다는 것 등등. 이외에도 아파트는 이른바 단독주택들이 가지지 못한 많은 것들을 가지고 있다. 엎어지면 코 닿는 곳에 시장이 있고 병원이 있고 음식점들이 있고 극장이 있고, 혹은 그런 곳들로 가장 빠른 시간 안에 갈 수 있는 온갖 교통수단들이 있다.

　하지만 아파트가 갖지 못한 것들도, 당연히 많다. '편리'와 '대형'이라는 두 단어가 수렴하지 못하는 모든 것들이 바로 그것들이다. '불편'과 '소형'이라는 단어가 수렴하는 모든 것들 – 그들 중에 골목이 있다.

아파트는 결코 골목을 가지지 못한다. 아파트에 살지 않았던 시절, 그러니까 아파트라는 이름이 낯설기는커녕 그 이름을 도통 알지조차 못했던 시절, 내가 살아 냈던 수많은 '단독주택'들은 하나같이 골목들을 가지고 있었다. 그때의 집들은 골목과 골목으로 끝없이 연결되어 있었다. 막힌 골목에도 집이 있었고, 그 막다른 골목의 집은 다른 막다른 골목의 집과 등을 맞대고 있었다. 골목은 혈맥血脈과도 같았다. 지금으로 치면 승용차 한 대조차 드나들 수 없는 좁은 골목도 수없이 많았다. 나는 그 골목을 통과해서 학교에 갔고, 집으로 돌아왔다. 그곳에서 깡통을 차고, 딱지를 치고, 말박(말뚝박기)을 하다 무릎을 깨곤 했다.

담을 타고 넘어간 음식 냄새는 골목을 통해 골목 안의 집들로 일시에 퍼져 갔고, 때로 그것은 조만간 그 음식을 먹을 수 있다는 신호이기도 했다. 꽁꽁 언 겨울밤, 메밀묵이니 찹쌀떡 장수를 쉽게 불러들일 수 있는 것도 골목 덕분이었다. 언젠가 나는 아파트 광장을 가로지르는 메밀묵 장수의 외침을 들은 적이 있었는데, 하지만 그건 박제된 가락에 불과했다. 내가 그를 찾았을 땐 그는 이미 광장의 끝에 가 있었고, 그를 불러들일 재간이 없었다.

골목의 밤, 나무 전봇대의 이마에서 침묵처럼 흩어지던 붉은 빛가루를 떠올리는 일은 괜히 코끝을 시큰하게 한다. 온갖 종류의 발자국소리도, 취객의 노랫소리도, 고물이나 연탄을 싣고 가던 리어카 소리도,

한 그렇다. 지붕을 때리는 빗소리, 마당으로 떨어지는 빗소리, 처마에 듣던 낙수. 아파트는 이 '불편하고 작은 것들'을 너무 많이 가지고 있지 못하다.

초등학교 5학년 때, 수학여행을 가기 위해 새벽에 집을 나선 내가 마주쳤던 어둑한 골목만큼 아름답고 따뜻한 길을 나는 아직 보지 못했다. 그날 그 불편하고 좁은 길을 걸어 학교로 간 나는 아직 집으로 돌아가지 못하고 있다. 그날 대도시의 화려한 조명이 켜진 광장만큼 너른 길을 경험해 버린 나는 너무도 쉽게 좁고 누추한 골목을 잊어버렸고, 그 길의 아름다움과 따뜻함을 간신히 기억해 낸 지금, 더 이상 그 길은 없다.

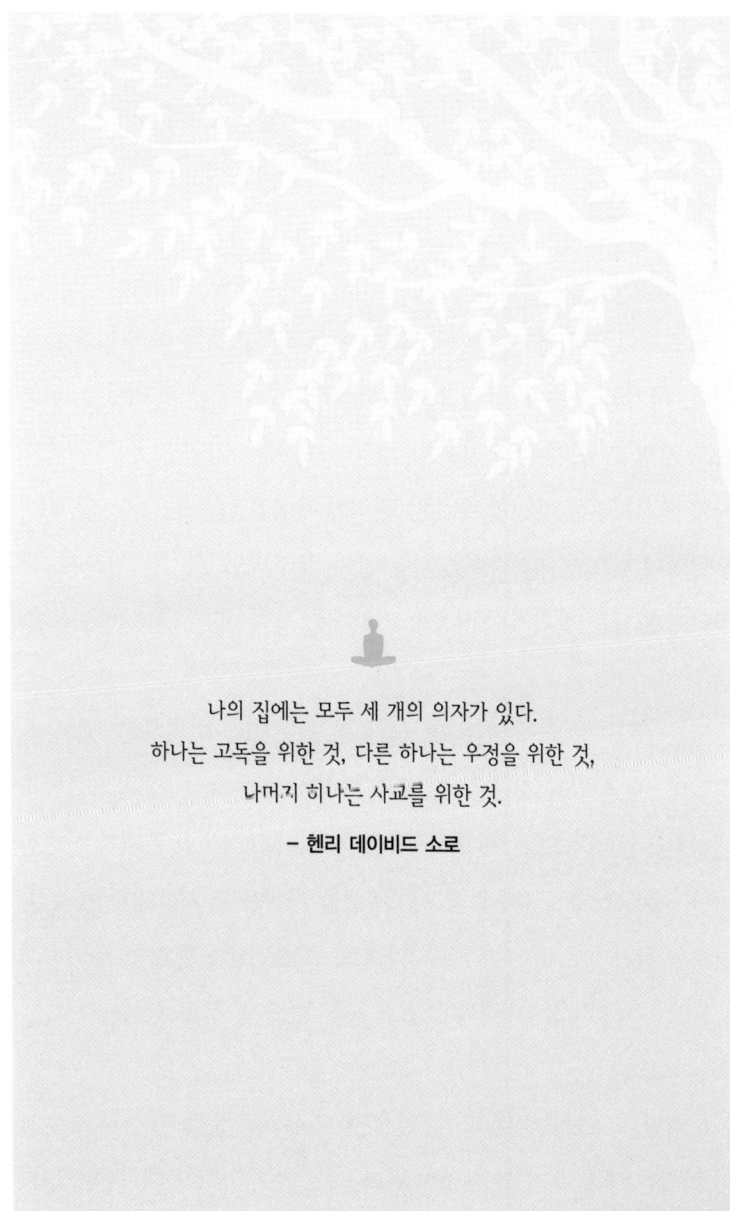

나의 집에는 모두 세 개의 의자가 있다.
하나는 고독을 위한 것, 다른 하나는 우정을 위한 것,
나머지 하나는 사교를 위한 것.

– 헨리 데이비드 소로

계단

　오르막이 있으면 내리막이 있다 – 어릴 적부터 무수하게 들어온 말
이다. 하지만 나는 처음 들을 때부터 이 말에 수긍할 수 없었다. 물론
달도 차면 기울고, 열흘 붉은 꽃은 없으며, 생명 가진 것은 모두 스러
지기 마련이라는 부인할 수 없는 진리에 흠집을 낼 뜻은 없다. 문제는,
오르막이 있으면 내리막이 있다는 말이, 오르막이 있으면 '반드시' 내
리막이 있다는 철칙처럼 작용하고 있다는 사실이다.

　달은 차면 '반드시' 기운다. 붉게 핀 꽃도 열흘이 지나면 '반드시'
시들며, 생명 있는 것들은 '반드시' 소멸에 이른다. 이렇듯 오르막과
내리막은 물리적으로 '반드시' 공존한다. 이는 사물이 존재하는 법칙
이다. 에베레스트는 세계 최고의 정점을 가졌을 뿐 야트막한 동네 앞
산과 마찬가지로 오르막과 내리막으로 구성된 산에 불과하다. 이렇게
오르막은 내리막을, 내리막은 오르막을 '반드시' 품고 있다.

　하지만 오르막과 내리막이 '인생'에 비유되는 순간 이 물리적 존재
의 법칙은 깨질 수 있는 무엇이 된다. 오르막이 있다고 해서 '반드시'

내리막이 있는 것이 아니며, 내리막이 있다고 '반드시' 오르막이 존재하는 것은 아니라는 말이다. 오르막만 있는 인생, 혹은 내리막으로만 내달리는 인생도 엄연히 존재하는 것이다. 하지만 내가 오르막과 내리막의 삶을 수긍하지 않는 진짜 이유는 여기에 있지 않다. 오르막이나 내리막 자체를 거부하고 싶은 것이 내 본심이다. 이것은 인생을 구성하는 가장 기묘한 질료인 시간과 관련되어 있다.

가령, 나는 전혀 자의적으로 내달리기를 딱, 멈출 수 있기 때문이다. 어느 시점에서 달리기를 딱 멈추는 순간, 나는 내리막도 오르막도 아닌 어떤 제3의 지점에 도달하며, 이후 다시 움직일 때까지, 즉 시간에 나를 종속시키기 전까지, 나는 내리막도 오르막도 아닌 삶을 살게 되는 것이다. 이것은 어쩌면 '고여 썩는 삶'일는지도 모른다. 무위無爲와 절대絶對라는 '실현 불가능'한 무엇에 홀렸거나, 관념의 유희에 속절없이 내맡긴 소치일는지도 모른다. 그러나 나는, 하루에도 몇 번씩, 계단을 오르내릴 때마다 제3의 지점에 대해 몽상한다. 올라가지도 않고 내려가지도 않는, 죽지 않고서 죽음에 다다르는, 어떤 상태를.

신은 우리를 벌하고자 할 때, 우리의 기도에 응답한다.

- 오스카 와일드

나는 왜
죽기 위해 기도하지 않는가

　우리는 그 누구도 참혹함을 위해 기도하지는 않는다. 불행해지기를 빌거나, 비천해지기를 기원하거나, 소외되기를 기도하지 않는다. 낡은 옷을 벗게 해 달라고, 서러움으로부터 벗어나게 해 달라고 기도할 뿐이다. 우리는 그 누구도 고통 속으로 더 깊이 들어가게 해 달라고, 자신에게 던져진 고난으로부터 결코 벗어나지 못하게 해 달라고 기도하지는 않는다. 우리가 눈을 감고 두 손을 거머쥐고 올리는 기원의 내용은 언제나 새 옷과 흥겨운 기쁨과 즐거이 어울려 살게 해 달라는 것뿐이다.

　많은 기도들이 하늘을 향해 화살처럼 쏘아 올라간다. 그중의 어떤 화살이 신의 가슴을 관통해 버렸다. 우리가 화살을 쏘지 않았다면 신은 좀 더 긴 생애를 살았을 것이다.

나의 입에서는 지금 어떤 기도가 쏟아져 나오고 있는
가? 내 영민한 두뇌는 지금 어떤 기도의 말을 구상하
고 있는가? 그것들이 만약 행복과 기쁨과 부유와 존경
받을 비법에 관한 것이라면, 저 오래전에 죽어 없어진
신을 다시 살려 내고 싶다. 내 열망의, 내 기원의 입을 영
원히 닫아 버려 달라고 부탁하기 위해.

위대한 인간에게 반한 사람만이
그것으로 말미암아 교양의 최초의 세례를 받는다.

– 니체

나무

나무는 잘려져 기둥으로 쓰이지만, 사실 그 기둥만을 가지고 나무라고 할 수는 없다. 나무는 수만 개의 크고 작은 가지들로 갈라져 있으며, 그 모두를 갖추어야 나무라고 부를 수 있기 때문이다.

어떤 목재상이 거대한 나무 앞에서 투덜거렸다. "이것이 갈라져 있지 않다면 얼마나 좋을까. 줄기 하나로만 되어 있다면 얼마나 좋은가 말이다." 그는 나무 아래서 물고기를 원하고 있었다. 그는 사각형으로 된 나무는 왜 없을까, 하고 투덜거린 적이 있었다. 그는 왜 파라색의 나무는 없느냐고 두널거린 적도 있었다. 속이 텅 빈 나무를 만났을 때 그는 나무에다 대고 욕설을 퍼부은 적도 있었다. "네가 나무냐?"

시나이 반도의 메마른 땅에서 유목을 하며 살아가는 베두인족 출신의 한 젊은이가 이집트의 대학으로 가서 문학을 배웠다. 그는 졸업논문의 첫머리에 실을, 지도 교수들에 대한 인사의 글을 자신이 지은 시 한 편으로 대신해 놓았다. 그 시의 제목은 '나무'였다. 그 시에 이런 구절이 있다.

수천 가지마다 수만 개의 잎

수만 개의 진리 중에 허깨비는 나 하나.

어떤 사람은 우리가 가진 많은 것들을
전혀 가지지 않고도 잘살아 갈 수 있다.

– 소크라테스

까치밥

　며칠 전 저녁, 처고모부의 부음을 받고 깜깜한 미시령을 넘었다. 밤 늦게까지 슬픔에 젖은 형제들을 간신히 웃기고, 다음날 아침 입관을 보았다. 그날 늦은 오후, 돌아오는 길에 코앞에 울산바위가 보이는 곳에다 잠시 차를 세웠다. 까치밥이 매달린 감나무가 눈에 들어왔고, 가뭇없이 상념에 잠겼다. 몇 번이나 마른 침을 삼켰다.

　까치밥은 먹이가 동난 겨울의 까치를 위해 인간이 남겨 준 아름다운 선물이라는 데 우리는 동의한다. 그런데, 과연 그럴까? 나는 문득, 내 고개가 천천히 가로저어지는 것을 발견했다. 감나무에 덩그렇게 매달린 몇 개의 감은 결코 까치에 대한 선물일 수 없다. 그것은 고작 한두 알의 감을 남겨 두면서 "우리는 남김없이 거두어 가지는 않아!"라고 으스대는 인간의 가증스러움일 뿐이다. 먹이사슬의 피라미드 맨 위에 군림하고 있다는 인간의 '찌질한' 착각에 다름 아니다.

　욕망하지 않으면 착각은 일어나지 않는다. 욕망하지 않으면 목표를 세우지 않게 되고, 행위에 목적성을 두지 않게 된다. 자유란 곧 이런

28

것이다. 자유는 삶을 내버려 두고 개입하지 않는 데서 얻어지는 부수물이다. 그러나 인간이 사회적 동물이라는 추론에 근거한다면 내버려 두는 삶, 개입하지 않는 삶이란 원초적으로 불가능하다. 삶 그 자체는, 존재함 그 자체는, 이미 '버려두지 못하는 삶'을 말하며, 절대적으로 '개입'을 필요로 하고 있기 때문이다.

그러나 삶을, 자신이든 타자든 세계(사회)든 조종하기를 그만둘 수 있다면, 남는 것은 오로지 버림뿐일 것이고, 그때부터 삶은 제 스스로 굴러가게 될 것이다. 개입은 나만이 아니라 타자와 세계 전체에 해당되는 용어이며, 개입이야말로 부자유의 근원이다. 사회적 존재로서의 인간의 삶을 상정하는 한 인간은 '버려두지 못하는 삶, 개입해야만 하는 삶'의 노예가 될 수밖에 없다.

'인간은 사회적 동물이다'라는 날에 대한 오해의 늪은 깊고 아득하다. 단지 인간의 현실적 상황만을 표현하였을 뿐인 이 말이 상당량의 사회학자들에 의해 '진리'처럼 운위되어 온 것은 인간이 스스로 자초한, 최악의 착각이다.

자유에 도달하는 방법은 원함을 세우지 않는 무원불원無願不願의 세계관을 갖는 일이다. 산정에 선 자는 내려올 때 다른 높은 산의 꼭대기를 꿈꾼다. 그런 자는 결코 등정을 멈추지 않는다. 그런 자에게 있어

자유는 욕망의 충족에 의해, 즉 세상에 존재하는 무수한 산의 정상을 정복하는 것에 의해 달성된다. 산정을 오르는 자가 최종적으로 도달하는 곳은 어디인가? 에베레스트? 가장 험악한 세계의 어떤 산? 아니다. 그는 결국 죽음의 산에 도달한다. 그것은 거역할 수 없는 운명이다. 하지만 그가 거기(죽음의 산)에 도달할 때, 그는 그것이 자유라는 사실을 알지 못한다. 죽음은 버림이고, 원하지 않음의 종착점이며, 거기서 비로소 자유를 만난다는 사실을 그는 깨달을 수 없기 때문이다.

죽음은 '원하지 않음'이 저절로 완성되는 곳이다. 죽음의 산은 등정을 필요로 하지 않는다. 그 산 아래에 서면 발길은 저절로 움직인다. 이 원리를 미리 깨달은 인간은 그 자유의 신발 속에 살아 있는 자신의 발을 끼워 넣는다. 그렇게 자유의 삶을 사는 것이다. 등정을 완전히 포기한 그는 인간이 다다를 수 없는 산의 정상, 인간이 다다랐던 것보다 더 높은 산에 오를 수 있다. 그는 결코 감나무의 감을 거두어 가지도 않지만, 몇 알의 감을 남겨 놓고 엄동의 까치에게 주는 선물이라고 말하지 않는다. 처음부터 그는 감에 관심을 두지 않았던 것이다.

역사를 제대로 아는 사람이라면
누구든 여성이 지위를 향상시키지 않은 채
진정한 사회직 변회를 이룩한다는 건
불가능하다는 사실을 알고 있다.
사회적 진보는 그 사회의, 덜 떨어진 존재들까지 포함하는,
성적 공정성에 의해서만이 정확히 측정될 수 있다.

– 칼 마르크스

'동방불패'를 찾아서

남자에 비해 여자가 턱없이 홀대받아 왔다는 증거 중에 속담만큼 확실한 것도 없을 텐데, 그 양상은 동서양을 막론한다. 암탉이 울면 집안이 망한다는 우리 속담의 영국 버전은 'It is a sad house when the hen crows louder than the cock(수탉보다 암탉 소리가 높은 집은 불길하다).' 폴란드엔 '악마도 여자와 맞서면 지게 마련' 이라는 속담이 있고, '여자와 포도주는 남자의 판단력을 망친다' 는 건 스페인 속담이다. 중국의 다음과 같은 속담은 여성 비하의 극치를 이룬다. '여자의 미덕엔 깊이가 없고, 여자의 노여움엔 바닥이 없다.' '사람들은 여자의 성실성과 기적을 선뜻 믿으려 하지 않는다' 는 독일의 속담이나 '촛불을 꺼 버리면 여자는 다 똑같다' 라는 로마의 속담을 듣고 뒷머리가 뻗치지 않을 여자가 있을 것 같지 않다. 이 모든 속담을 잠재워 버릴 만한 위력을 가진 영국 속담 하나! '짚으로 만든 남자라도 황금으로 만든 여자보다 가치 있다.'

속담은 그 속담이 만들어진 시대의 가치관을 반영한다. 여성을 비하하거나 혐오하거나 능멸하는 속담이 횡행하던 시대의 가치관은 볼 것없이 남존여비男尊女卑였다. 남자는 하늘이고 여자는 땅이니 하늘이 하는 일에 땅이 가타부타해서는 안 된다고 딱 못을 박아 버린 시대였던 것이다. 하지만 남자가 여자를 윽박지르는 형국은 단지 한 '시대'의 일만은 아니었다. 인간의 역사를 한 편의 영화에 비유할 때 여성 억압의 시대는 '엔딩 크레딧'이 올라가기 바로 직전까지 계속되었다. 즉, 인간의 거의 모든 패러다임의 총체적 전환을 의미하는 시기인 '근대'에 이르러서야 비로소 이 윽박지름도 잦아들기 시작하고, 여성의 문제를 인간 존재의 문제로 받아들이기 시작했던 것이다.

그러나, 당연하게도, 그 근대의 여성들에게는 수없는 모멸이 쏟아지고 끔찍한 테러가 자행되었다. 주로 남성들에 의해 자행된 그 패악은 차라리 비아냥거림으로 가득한 속담을 듣는 게 훨씬 편했을 거라는 자괴감을 불러일으킬 정도다. 그런 점에서 여성의 참정권을 쟁취해 낸 19세기 후반에서 20세기 초반의 영국 여성들은 단지 여성으로서가 아니라 인간 승리로 기려야 할 투사들이었다. 그때에도 여전히 '여자는 개가 접시를 핥는 것과 같은 속도로 거짓말을 한다'고 영국의 남자들은 떠들어댔겠지만, 그 어조에 열패감(!)이 무르녹아 있었을 거란 건 어렵잖게 짐작할 수 있는 일이다.

여성에 대한 온갖 폄하의 언어들을 지어낸 것은 분명히 남자들이었지만 여성, 혹은 여성성을 지극한 수준에서, 가히 신의 경지로 상찬한 것 역시 남자였다. 남성들의 '진흙 밭 싸움泥田鬪狗'에서 조용히 물러난 노자老子는 존재의 비의로 가득 찬 《도덕경道德經》을 저술하면서 그 여섯째 장에 '곡신불사谷神不死'를 거론하고 여성성을 우주적 차원에서 논했다. 지금으로부터 3천 년이나 전의 일이다. 노자에 의하면, '신비로운 암컷(현빈玄牝)'인 '곡신'은 '하늘과 땅의 뿌리(천지근天地根)'가 되며 '아무리 써도 다함이 없는(용지불근用之不勤)' 에너지라고 했다. 만약 그의 논리에 따라 여성(성)이 하늘의 뿌리라면, 남자가 하늘이고 여자가 땅이라는 말은 성립될 수 없을 것이다. 오히려 여성(성)은 남성(성)을 아우르는 그 어떤 것이라 해야 옳다.

이 대목에서 언뜻 떠오르는 게 하나 있는데, 30대 이후의 나이라면 모두가 기억할, 1990년대를 풍미했던 중국무협영화 〈동방불패〉다. 잘못 연마했다간 죽음을 면치 못한다고 내로라하는 무림의 고수들도 꺼리던 금서(규화보전葵花寶典)를 손에 넣은 주인공 '동방불패東方不敗'는 이름 그대로 '동쪽에서 해가 떠오르는 한 누구에게도 지지 않는' 무술을 익히게 된다. 문제는 무술의 경지가 높아지면 질수록 점점 더 여자가 되어 간다는 사실이었다. 이 영화에서 가장 난해한 대목이기도 한 이 진기한 이야기는, 영화의 내용과는 상관없이 '여성이 지닌 무한한 생명력'을 상징하거니와 노자의 '곡신불사'와 그 맥을 같이 한다.

남성 일변도의 무림을 평정하는 것이 여성이라는 사실, 그리고 그가 무술을 연마하기 시작하던 때엔 남자였다는 사실은 '여성'의 문제, 혹은 '남녀'의 문제를 넘어서 '인간'의 문제를 생각하게 한다. 재미를 좇는 것이 무엇보다 앞서는 무협지가 이러할진대, 어찌하여 남자들은 여자를 헐뜯고 무시하는 데 그 오랜 세월을 바쳤던 것인지, 알다가도 모를 일이다.

아무것도 없는 것 가운데서 아무것도 없는 것이 나오며,
아무것도 없는 것이 아무것도 없는 것이 된다.

– 페르시우스

11월의 아이,
그때 아주 진지했던

고등학교를 다닐 때였다. 참고서를 뒤적이는 것보다는 '시 나부랭이'가 잔뜩 끼적거려져 있는 두꺼운 노트를 더 자주, 그리고 더 심각하게 뒤적이던 한 친구가 있었다. 하기야 녀석이 심각한 건 그 노트를 들여다보고 있을 때만은 아니었다. 녀석은 매사에 심각했다. 공교롭게도 심씨 성을 가졌던 녀석의 별명은 당연히 '심각'이었다. 성은 심이요, 이름은 각.

어느 날 녀석은 예의 그 심각한 표정을 한 채로 교실 창밖을 내다보고 있었다. 또 무슨 '똥폼'을 잡고 있나 싶어 코웃음 한번으로 넘겨 버리려 했는데 그게 아니었다. 늦가을의 빛바랜 햇볕이 닿아 있던 녀석의 눈자위에서 나는 뭔가 반짝이는 걸 발견했던 것이다. 눈물이었다. 나는 슬그머니 녀석의 등 뒤에 숨어, 무엇을 보았기에 저러나 싶어 녀석이 바라보고 있는 곳으로 시선을 던졌다. 별다른 건 없었다. 동편 교사校舍에서 수녀원 쪽으로 난 긴 언덕길로 낙엽들이 바람에 쓸려 가고 있는 걸 제외하면.

"왜 그러냐? 저 낙엽들이 너를 울려? 가서 때려 줘?" 녀석의 어깨를 치며 썰렁한 유머를 던졌을 때 책상 위에 얌전히 펼쳐져 있던 녀석의 노트가 눈에 들어왔다. 거기에는 푸른빛 잉크가 심하게 번져 있는 영어 단어가 하나 적혀 있었다. 쓴 자리 위에 여러 번 쓰고 또 덧쓴 것 같았다. 그것은 11월이라는 뜻의 영어 단어였다.

NOVEMBER.

녀석이 물었다. "11월이 왜 이렇게 쓸쓸한지 아니?" 나는 대답할 수가 없었다. 그렇지 않아도 심각하기 이를 데 없는 녀석이 느닷없이 던진 그 질문은 심각함의 극치였다. 더구나 나는 '똥폼' 과는 아주 거리가 먼 '범생이' 였다. 기다려도 답이 나오지 않을 거라는 걸 알았던지 녀석이 제 입으로 대답했다. "남김 없이 사라져 버리니까. 푸름도, 따스함도. 그래서 11월을 노-벰버라고 하는 거야." 녀석은 손에 쥐고 있던 만년필로 NOVEMBER라는 단어의 앞 두 철자 NO 밑에다 사라진 푸름을 그리워하듯 선명한 빛깔의 줄 두 개를 그었다. 그리곤 내게 다시 물었다. "너, 칸트가 가장 행복해 했던 달이 언제인지 아니?" "철학자 칸트?" 내가 되물었고, 녀석은 여전히 심각한 표정으로 고개를 끄덕거렸다. 나는 고개를 저었고, 녀석이 서늘하

게 웃으며 입을 열었다. "2월." "하필이면 왜 2월이지?" "다른 달들보
다 며칠이 더 짧으니까. 그만큼 고통도 적을 테니까." 나는 입을 벌리
고는 다물지 못했다. 녀석의 시선이 다시 창밖으로 건너가고 있었다.
수녀원으로 난 긴 언덕길을 향해 쓸려 가는 낙엽들이 조금쯤 달리 보
였다. 뭐랄까, 그것은 꽤 심각한 풍경이었다.

내 귓속으로 녀석의 목소리가 천천히 밀려왔다. 그 심각한 낙엽들의 발걸음처럼. "내 생각은 칸트하고는 달라. 내겐, 11월이 가장 행복한 달이야." "왜? 아깐 쓸쓸하다고 했잖아. 남김없이 사라져 버려서." 녀석의 주름 잡힌 이마 위로 나는 녀석의 그것과 꼭 닮은 심각한 표정을 얹어 놓았다. "바로 그래서야. 아무것도 없다는 건 모든 것이 가능하다는 얘기지. 11월은 남김없이 사라지게 하지만, 그래서 모든 것을 품어 버리는 달이기도 하거든." 얼핏 말장난처럼 들리던 녀석의 말은 긴 여운을 남기며 한동안 내 귓전을 맴돌았다.

녀석의 말을 조금이라도 이해할 수 있기까지는 꽤나 긴 시간이 지나야 했다. 그때 우리는 겨우 열아홉 살이었을 뿐이었다. 인생을 알기에도, 말하기에도 턱없이 모자란 나이였다. 하지만 사라짐은 곧 가능성을 뜻하는 거라고 말하던 녀석의 태도는 인생에 대해 뭔가를 던져 놓는 철학자만큼이나 진지했다. 그날 이후로 녀석의 별명이 바뀌었다. '심각'에서 '심진지'로.

그해의 11월이 다 가도록 낙엽은 멈추지 않고 나무 위에서 땅으로 떨어져 내렸고, 바람이 불 때마다 수녀원으로 난 긴 언덕길을 굴러 내려갔다. 한 아이의 진지한 관찰에 값할 만큼, 진지하게.

치열한 전투에서 열 번 칼에 맞는 것보다
외과의사에게 면도날로 한 번 찢기는 게 더 아프다.

— 미셸 드 몽테뉴

쉬운 길이 좋은 길은 아니다

춘천에서 차로 한 30분쯤 걸리는 곳에 아주 좋은 산이 하나 있다. 홍천군 서면 팔봉리에 있는 팔봉산이다. 사실 춘천 인근에는 보기에도 좋고, 등산하기에도 그지없이 좋은 산들이 아주 많다. 내가 서울에서 춘천으로 와서 산 지가 15년이 넘었는데, 이 좋은 산들을 맛본 건 이사를 오고 4, 5년은 지난 뒤였다. 산을 좋아하게 된 건 산을 아주 잘 아는 친구 덕분이었다.

그 친구와 처음 팔봉산을 오른 어느 늦가을의 감회는 지금도 생생하다. 1봉에서 8봉까지, 여덟 개의 봉우리를 올라가자면 마치 여덟 개의 서로 다른 산을 오르는 것 같은 재미를 느낄 수 있는 게 바로 팔봉산인데, 규모나 풍미는 사뭇 다르지만 중국의 계림처럼, 강물 위에 솟은 산들은 아기자기하기도 하고 신령스럽기도 하다.

팔봉산을 새벽에 오르는 건 신선이 되게 해준다. 새벽 운무가 깔린 팔봉산을 올라가 본 사람이라면 충분히 이해할 텐데, 안개구름 위로 솟아 있는 여덟 개의 봉우리는 그야말로 선경이다. 여름이 한창이던 7월

하순의 어느 날 새벽, 팔봉산에 올랐다. 그날은 혼자였다. 하지만 여느 날과 다름없이 딱따구리가 나무를 쪼고, 두어 마리 다람쥐가 내 발치 앞까지 왔다가 토라지듯 휙 돌아가곤 했다. 2봉 정상에 있는 신당에서 들려오는 둥둥거리는 북소리가 내 발걸음을 동동 띄워 올리기도 했다.

그런데 팔봉산을 제1봉부터 오르면 첫 봉우리 어귀에서 '쉬운 길'이라는 안내판과 만나게 된다. 그 길을 따라가면 1, 2, 3 봉을 오르지 않고 서쪽으로 에둘러 4봉으로 곧바로 가게 되는 것이다. 그런데 4봉에 이르면 거기에도 다시 '쉬운 길'이라는 안내판이 있다. 그 길을 따라가면 곧바로 6봉으로 오르는 곳과 연결된다. 만약 이 '쉬운 길'을 택하게 되면 팔봉산의 진수라고 할 수 있는 '해산解産바위'의 그 '진한 맛'을 볼 수가 없다. 사람 하나가 겨우 빠져나갈 정도의 구멍이 높다란 바위에 뚫려 있는데, 뱃살이 좀 두둑한 사람이면 통과하기가 만만치 않다. 임산부가 아이를 낳을 때만큼 빠져나가기가 힘들다 해서 붙여진 이 해산바위는, 사실 초보자나 노약자, 혹은 몸매 관리에 신경을 쓰지 못했던 사람이면 하는 수 없이 '쉬운 길'을 택할 수밖에 없도록 만든다.

그 더운 여름날, 나는 안내판 앞에서 잠시 망설였다. 유난히 컨디션이 좋지 않아서였다. 다리는 무겁고 얼마 오르지 않았는데도 숨이 몹시 가빴다. '쉬운 길'에 대한 유혹이 엄청났다. 그런데 참 이상했다. 뭐

군이 신독愼獨이라는 어려운 말까지 꺼낼 필요는 없겠지만, 둘러 간다는 게 영 자존심이 상하는 것이었다. 결국 1봉부터 8봉까지, 여덟 개의 봉우리를 평소보다 한 시간이나 더 걸려서 등반을 마쳤다. 물론 해산바위의 그 아이 낳는 고통까지 맛보았다. 그렇게 깎아지른 제8봉의 하산길로 내려와서 강가에 닿았을 때 나는 나 자신한테 이렇게 물었다. "너는 왜 쉬운 길로 가지 않았더냐? 그러다 다치기라도 했으면 후회하

지 않았을 거냐?"

집으로 돌아와서 나는 팔봉산 관리소에다 전화를 걸었다. '쉬운 길'
이라는 안내판을 '둘러 가는 길'이라고 바꿀 수는 없겠느냐고 정중히
건의를 했다. 산길 앞에 괜한 자존심을 내세웠던 일이 부끄러웠기 때
문이었다.

그림은 온갖 기교와 난해함, 특별한 목적을 가진
고상하고 풍부한 표현이 담긴 언어다.
따라서 그림은 사상을 전하는 것으로는 매우 귀중한 매체가 된다.
그러나 그 자체로는 그저 무無일 뿐.

― 존 러스킨

이발소 화랑畵廊

내가 어린 시절을 보낸 1960년대와 70년대는 지금처럼 일반인들에게 이른바 문화생활이란 게 별반 없었다. 그때 이발소의 벽 위쪽, 천장에 닿을 듯이 걸려 있던 풍경화 한 점 – 이른바 '이발소 그림'은 서민들이 구경할 수 있던 유일한 그림이었다. 그리고 그 이발소 그림과 쌍벽을 이룰 만한 것이 '가화만사성家和萬事成'이라는 또박또박 쓴 해서체 글씨였고, 그것에 또 필적할 만한 액자가 하나 있었는데 그 액자 속에는 러시아의 시인 푸슈킨의 시가 한 수 적혀 있었다. "생활이 그대를 속일지라도 슬퍼하거나 노여워하지 말라……" 어느 이발소나 비슷한 풍경이었고, 좀 과장해 말하면 이것이 6, 70년대 민중이 향유하던 문화의 전부였다.

3, 40년 사이 사정이 얼마나 달라졌는지를 얘기하는 일은 오히려 쑥스러울 정도다. 이제 일반인들이 즐길 수 있는 문화는 '다양'과 '풍성'이라는 단어를 적절히 함축한다. 한때 구경할 수 있는 그림의 전부였던 '이발소 그림'은 그 희소가치로 인해 오히려 수집가들에 의해 고가에 매입되고 있으며, '가화만사성'이나 푸슈킨의 시가 적혀 있는 액자

는 재래시장 안에 있는 유리점에서도 더 이상 발견할 수가 없다.

지금은 대학생이 된 아이가 초등학교에 다니던 시절, 그러니까 청계천에 비싼 수돗물을 흘려보내기 얼마 전, 방학을 맞은 아이를 데리고 한나절 동안 황학동 벼룩시장을 돌아다닌 적이 있었다. 청계천 7가와 8가에 걸쳐 있는 황학동 벼룩시장은 한마디로 거대한 '고물 창고'였다. 당시 그곳을 소개하는 인터넷 자료의 헤드라인은 '고물 창고'가 아니라 '보물 창고'라고 되어 있었는데, 과연 그 말을 실감할 수 있었다.

옛날 노인들의 걸쭉한 표현을 그대로 빌려 쓰자면, 그곳에는 '처녀 불알'을 빼고는 정말 없는 것이 없었다. 그런데 우리나라에서 가장 큰 중고품 시장답게 그곳에 있는 물건들은 하나같이 누군가의 손때가 묻어 있는 것들이었다. 중고 텔레비전이나 비디오, 오디오, 선풍기 같은 전자제품이나 기타, 클라리넷 같은 악기, 책상이나 장롱 같은 가구는 물론이고, 누군가가 입어서 때가 그대로 묻어 있는 청바지, 가죽 점퍼, 낡은 구두, 일제강점기가 배경인 드라마 같은 데서나 볼 수 있는 구식 가방, 온갖 장르의 책들, 심지어 누가 깎고 깎다가 날이 거의 문드러진 손톱깎이까지 있었다. 군대에서나 쓰는 방독면이 좌판 위에 올려져 있는 걸 보고는 입이 딱 벌어졌었다.

황학동 벼룩시장을 둘러보면서 나는 규모가 매우 큰 미술관을 둘러

보고 있다는 착각이 들었다. 실제로 이런저런 그림들이 벼룩시장 1,500개 상점 곳곳에 숨어 있기도 했었다. 어쩌면 이름만 대면 다 알 만한 화가의 진품이 거미줄에 잔뜩 감겨진 채 누군가의 밝은 눈을 기다리고 있을지도 모른다는, 턱없는 생각까지 들기도 했다. 하지만 그런 그림들 때문에 내가 황학동 벼룩시장을 미술관으로 착각한 것은 물론 아니다. 아무 데다 대고 카메라를 누르면 멋진 사진이 되고, 어떤 것을 그려도 한 폭의 생생한 서민화가 될 것 같은 장면들 때문이었다. 그곳에는 불과 몇 년 전에 우리가 살았던 공간이 그대로 옮겨져 있고, 우리가 쓰던 물건들이 우리의 손때 묻은 그대로 놓여 있었던 것이다. 현대의 도시적 감수성은 눈을 씻고 봐도 발견되지 않지만, 한때의 그 촌스럽기 짝이 없던 '이발소 그림'이 새삼스럽게 우리의 감성을 자극하듯이 우리가 버렸던 그 많은 과거의 유산들이 정말 새삼스럽게 "지금의 너는 누구냐?" 하고 묻고 있었다.

우리가 화랑이나 미술관에 가서 그림을 관람하는 중요한 이유는 그 그림들을 통해 메마른 마음밭을 촉촉이 적실 수 있기 때문이다. 하지만 오랫동안 그 마음밭을 적시는 물기는 아주 정형화되어 있었다는 생각이 든다. 화폭에 멋들어지고 세련되게 그려진, 혹은 과감히 선과 면을 부수고 재구성된, 혹은 사진으로 착각이 들 정도로 정밀하게 묘사된 그림들. 그런데 때로는 그 촌스럽던 '이발소 그림'이 더없이 촉촉한 물기 역할을 할 때가 있다는 사실은 예술의 아이러니에 가깝다. 어쩌면 예술의 문제가 아닐는지도 모르겠다. 황학동 벼룩시장이 꼭 그런 것 같았다. 별 볼일 없었던 지난날이 알고 보니 참 소중하다는 느낌, 그 느낌이야말로 우리의 말라붙은 마음밭을 흥건히 적셔 주는 커다란 물줄기는 아닐까, 문득 대책 없는 회고주의에 빠졌던 기억이, 새롭다.

시간은 사람을 기다려 주지 않는다.

그러나 시간은 항상 여자를 위해 30분쯤은 그냥 서 있는다.

– 로버트 프로스트

병 속에 든 시간

만약에 시간을 병 속에다 넣어 둘 수 있다면,

맨 먼저 하고 싶은 건 흐르는 세월을 영원히 저장해 두는 겁니다.

당신과 함께 그 시간들을 보내기 위해서…….

세월이 영원할 수 있다면,

만약에 소원을 비는 말들이 모두 이루어질 수 있다면,

저는 매일 매일을 보물처럼 간직했다가

그 시간들을 당신과 함께 쓸 것입니다.

그러나 세월은 흐르는 것.

누구나 하고 싶은 일들을 다 할 수 있기에는

시간은 늘 충분하지 않지요. 그래서 저는 생각했습니다.

당신이야말로 흐르는 시간을 공유하고 싶은

유일한 사람이라는 것을…….

제겐 소원을 담아 놓은 상자가 하나 있습니다.

아직 이루어지지 않은 그 꿈의 상자.

이제 거기엔 제 희망에 대한 당신의 대답을 제외하고는

모두 비워 버릴 것입니다.

이 아름다운 시는 1970년대 미국의 대중가요를 대표하는 뮤지션 중 하나였던 짐 크로스가 만들고 부른 〈병 속의 시간Time in a bottle〉이라는 노래다. 음유하듯 흘러내리는 이 노래를 들을 때마다 나는, 시간을 병 속에 담아 두었다가 사랑하는 사람과 그 시간들을 함께 보내고 싶어 한 사람의 마음에 동화되기 위해 몇 번이나 다시 듣곤 했다. 아마도 애틋한 사랑 때문이었으리라. 누군가와 사랑을 하고 있을 땐 함께 있지 못하는 시간이 아쉬울 수밖에 없을 테니까.

그런데 어느 날 이 노래를 듣다가 나는 큰 잘못 하나를 발견하고 놀랐던 적이 있었다. 그것은 내가 이 노래를 들을 때마다 '당신you'이라는 것을 당연히 '사랑하는 사람'으로 생각하고 있었다는 사실이다. 노래의 어느 대목에도 사랑이라는 말은 나오지 않았으며, 더구나 그 '당신'이라는 지칭어가 이성異性을 가리킨다는 어떤 암시도 되어 있지 않았던 것이다. 나는 그만 피식 웃고 말았지만 마음은 가볍지가 않았다. 짐 크로스는 이 노래 외에도 의미심장한 내용을 담고 있는 많은 노래를 직접 만들어 불렀음에도 불구하고 이 노래를 너무도 당연히 '사랑 노래'로 인식한 것은 대중가요가 사랑타령이나 일삼는다는 편견이 작용한 때문이었음을 부인할 수 없다.

사랑타령이라는 편견을 걷어 내고 보면 많은 대중가요들이 '시간'이라는 철학적 주제와 무관하지 않음을 알 수 있다. 가령 라이오닐 리치가 리더로 활약했던 흑인 알앤비R&B 그룹 커머도즈가 크게 유행시켰던 〈세 번째 여인Three times a lady〉이라는 노래는 '당신이 내게 준 시간에 대해 감사를 드립니다' 라는 말로 시작한다. 영화배우로도 활약이 컸던 바브라 스트라이샌드의 명곡 〈추억Memory〉이라는 노래에는 시간의 흐름을 아름답게 묘사한 이런 구절이 들어 있다.

가로등은 모두가 하나의 숙명처럼 느껴집니다.
누군가 속삭이면 가로등은 대답하지요.
곧 아침이 와서 다시 하루가 시작될 거라고.

1980년대 중반에 처음 불리어져 당시 젊은이들에게 큰 인기를 얻었던 그룹 웸의 〈마지막 크리스마스Last Christmas〉에도 어김없이 시간이 흐르고 있다. "한 해가 지나가 버렸지만 난 별로 놀라지 않아. 지난해의 크리스마스를 포장해 그대를 사랑한다는 쪽지와 함께 다시 보냈거든……."

시간은 한 사람의 예외도 없이 모든 인간의 삶과 얽혀 있고, 인간의 모든 사건들에 관여한다. 뉴턴과 아인슈타인과 스티븐 호킹은 평생을 바쳐 '시간' 의 시작과 끝을 탐색했다. 그것이 인간의 운명을 설명해 주고 우주의 과거와 장래를 알게 해 줄 것이라 믿었기 때문이다. 하이데거와 야스퍼스 같은 실존철학자들은 인간 존재의 자물쇠를 딸 수 있는 가장 결정적인 열쇠로 시간을 우리 앞에 던져 놓았다. 고흐와 달리와 샤갈은 시간을 그림으로 그려 냈고, 마르셀 프루스트는 '잃어버린 시간'을 추적하는 멀고도 험한 소설의 길을 총총히 걸어갔다. 그리고 평범한 우리들, 그리고 우리들의 부모와 그 부모의 부모들도 예외는 아니었다. 그들은 모두 시간과 어깨를 겯고, 발을 맞추어 걸어왔다.

가볍게 흘려듣는 대중가수든, 타임머신의 가능성을 과학으로 입증해준 이론물리학자든, 존재의 심원을 향해 가열 차게 정신을 밀고 나갔던 실존주의 철학자든, 아픈 기억으로부터 차마 망각을 끌어 오지 못해 밤을 새우며 그 기억을 더듬어 낸 작가든, 평범하기 그지없는 일상인이든 – 그들에게는 똑같이 시간이 존재하고, 그들에게서 시간을 빼 버린다면 그저 하나의 공허만 남을 뿐이다. 그러나 공허라는 것에마저 시간이 관여하고 있다는 사실을, 우리는 무섭지만 인정해야 한다.

병 속에 시간을 담아 두는 것은 그저 하나의 희망이나 염원이 아니다. 삶에서 죽음까지, 나아가 죽음 이후의 '영원'까지, 인간의 시간은 실은 병 속에 담겨져 있다. 애써 넣으려 하지 않아도 이미 들어가 있다. 중요한 것은 그것을 어떻게, 누구와 쓸 것인가, 하는 것이다.

흘러나오던 노래가 그치고, 나는 가만히 중얼거린다. "병 속에 담아 둔 시간을 함께 나눌 당신은, 바로 우리들"이라고.

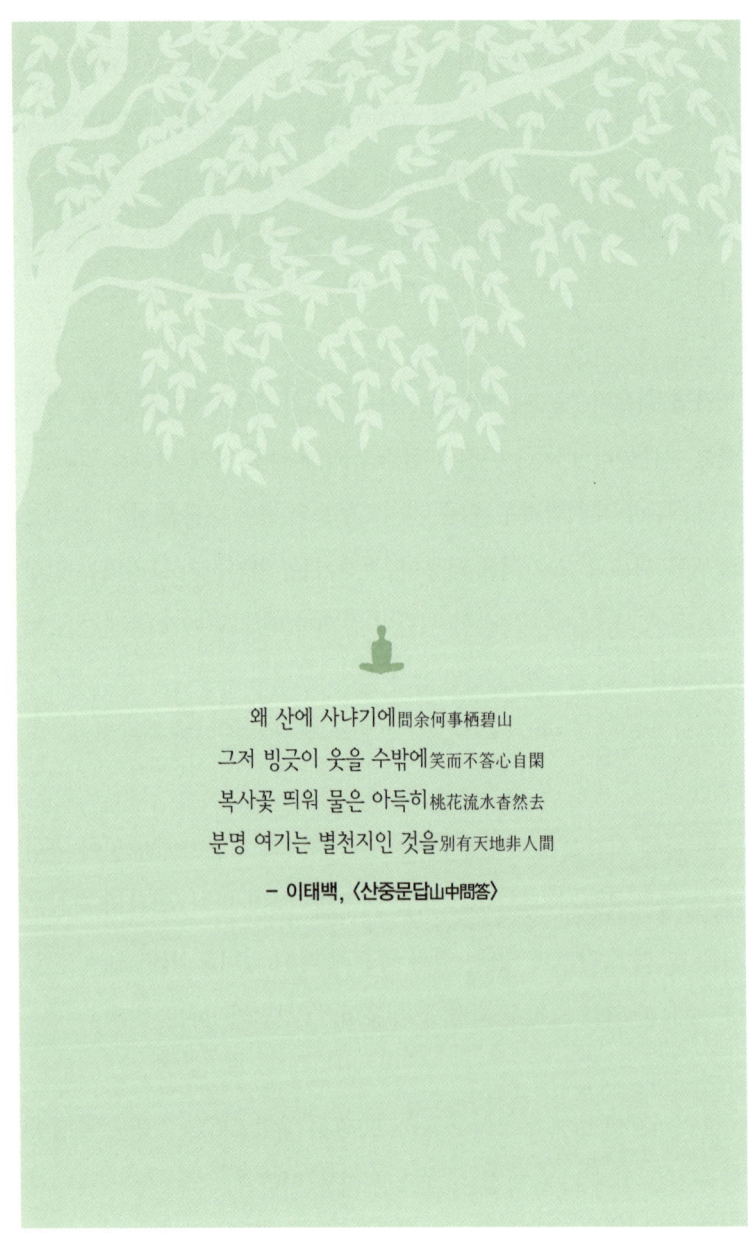

왜 산에 사냐기에 問余何事栖碧山

그저 빙긋이 웃을 수밖에 笑而不答心自閑

복사꽃 띄워 물은 아득히 桃花流水杳然去

분명 여기는 별천지인 것을 別有天地非人間

　　　－ 이태백, 〈산중문답山中問答〉

이태백을 위하여

　세상에는 돈 많은 부모 덕에 일찍이 출세가도에 무임승차한 '청년 실업가'가 있는가 하면, 경기불황에 힘입어 일찌감치 실업자 대열에 동참한, 어감은 비슷하지만 내용은 전혀 다른, '청년 실업자'도 있다. 요즘의 세상은 이 '청년 실업자'들에게 이태백이라는 별명을 붙여 준다. 하지만 이 별명은 성당盛唐의 주신酒神이며, 희대의 유객遊客이며, 존재의 비약 그 자체였던 시인 이태백李太白과는 아무런 관련이 없다. 그저 고약하게 시인의 이름만 빌려 왔을 뿐.

　그런데 '20대 태반이 백수'라는 오늘의 이태백과 '쏟아져 내리는 삼천 척 폭포(飛流直下三千尺 비류직하삼천척)'의 이태백이 완전히 무관한 것은 아니다. 세상에 떠도는 1천 편이 넘는 이태백의 시들 중 상당수가 인간 존재의 근원적 쓸쓸함을 읊고 있다는 것이 그 증거다. 가령, 전투로 날이 새고 저무는 변방의 가련함을 그린 대작 〈새하곡塞下曲〉에서 그는, 평소엔 하찮기 그지없는 일상을 안타까이 그리워한다.

　주먹으로 눈을 움켜 늦가에서 깨물고(握雪海上餐 악설해상찬)

모래를 뒤덮고 밤이면 잠드나니(拂沙隴頭眠 불사농두면)

언제나 전쟁에 이겨(何當破月氏 하당파월지)

베개 고여 자볼까(然後方高枕 연후방고침)

위로해 주는 이 아무도 없는 고독을 스스로 달래며 그는 〈자견自遣〉에서 이렇게 읊었다.

취한 걸음, 시냇물 속 달 밟고 돌아갈 때(醉起步溪月 취기보계월)

새의 것도 사람의 것도 자취가 없다(鳥還人亦稀 조환인역희)

오늘의 이태백과 2천 년 전의 이태백, 둘 모두 '고통의 바다(고해苦海)'를 떠도는 중생에 불과하다. 그러나 고통의 바다에 빠져 익사자가 되느냐, 아니면 고통으로 출렁이는 이 바다를 노래하는 음유시인이 되느냐의 차이는 또한 바다만큼 넓다. 그런 말이 있지 않은가. 나무꾼의 도끼는 나무에 먹히지만, 딱따구리는 종일을 쪼아도 나무에 박히지 않는다는. 그래서 도끼를 나무에 먹히지 않기 위해 나무꾼은 비 오듯 땀을 쏟고, 딱따구리는 나무를 쪼면서도 노래를 부르는 것이다.

누구든 맨 처음에는 단 한 번밖에 보지 않는다.

— 시어도어 헤럴드 화이트

석쇠, 모를 사람 없겠지만…

어린 시절을 바닷가 마을에서 자란 탓에 생선을 먹을 기회가 많았다. 도회에 사는 사람들은 마을에만 들어서도 비린내가 난다고 야단들이었지만 좀 과장스럽게 말하면 나는 생선을 날 것 그대로 코에다 갖다 대고 있어도 비린내를 맡을 수가 없었다. 양식 같은 걸 하던 시절이 아니었으므로 우리가 먹는 건 모두 자연산이었고, 일본으로 수출을 한다고 어느 날 갑자기 광어의 씨가 말라 버리기 전까지는 여름 한철 점심은 모두 그 자연산 광어로 만든 '물회'였다. 요즘의 물회는 횟감이 대부분 오징어라고 들었다.

점심으로 자연산 광어 물회를 먹던 그때는 5백 원만 들고 가면 '바케쓰'라고 흔히 부르던 들통에 한가득 멍게를 담아 오던 시절이었다. 재수 없다고 어부들이 그물에 걸린 쥐치를 바다에 도로 던져 넣던 시절이기도 했다. 가자미는 뼈째로 썬 것이 맛있었고, 역시 뼈째 썬 가을 전어도 요즘과는 달리 그때는 그저 보통 이상은 아니었다. 우럭은 흔했고, 도다리는 싱거웠다. 그런데 내가 유난히 먹기를 거북해 했던 것이 하나 있었는데 '아나고 회'였다.

붕장어나 바닷장어라고 해야 맞는 '아나고'는 기름기가 너무 많아서 어린 내게는 무척 부담스러웠다. 어머니는 그래서 장어를 손수 손질해서, 간장에 참기름을 넣은 유장油醬을 발라 먹기 좋게 구워 주셨다. 연탄화덕 위에 올려놓은 석쇠에다 유장 바른 장어를 얹고 구울 때의 그 모양이나 냄새는 아직도 기억에 생생한데, 이 얘기를 하고 있으니 지금도 침이 꿀꺽꿀꺽 넘어간다. 지금 내가 하려는 것이 바로 그때의 그 석쇠 얘기다.

석쇠는 참 볼품없었다. 꽤 오랜 세월 동안 생선기름이 들러붙고, 간혹은 빗물에도 노출되었을 것이고, 풍상의 때도 탔을 그 석쇠는 하지만 언제나 불 위에서 맛있게 장어들을 구워 냈다. 불에 올리기 전에 툭툭 몇 번 털어 내는 게 전부였으므로 모르긴 해도 꽤 많은 녹들을 나는 먹어댔을 게 분명하다. 그런데 이상하다. 나는 한 번도 그게 지저분하다고 생각해 본 적이 없었다. 지금도 마찬가지로 그때의 그게 시서분했다고는 전혀 생각되지 않는다. 그런데 어쩌다 생선구이집이나 조개구이집에 가서 만나는, 그때보다 더 지독할 것 없는 석쇠들을 보면 나는 영 비위가 상하고 만다.

이건 무슨 조화일까? 아무리 생각해 봐도, 자기애自己愛라는 것 말고는 다른 이유를 찾을 수가 없다. 내 것은 아무리 더러워도 깨끗하다는, 지독한 에고 – 이걸 붉게 단 석쇠 위에 올려놓고 녹여내 버릴 수는 없

을까, 문득 생각했다. 지난 겨울, 서해 바다 어느 조개구이집에서 찍은 사진들을 정리하다가 문득 발견한, 지독하게 녹슨 석쇠를 바라보다가 든 생각이다.

시집 한 권을 출간하는 일은
장미 꽃잎 한 장을 그랜드 캐니언 아래로 떨어뜨리고
그 메아리를 기다리는 것과 같다.

- 돈 마퀴스

어떤 비매품 시집, 그 시인

　오래전, 절친한 화가로부터 시집 한 권을 선물로 받은 적이 있었다. 당시 서른두 살이었던 최웅렬이라는 그 시집의 주인은 놀랍게도 사지 중에서 왼발 하나만 그럭저럭 움직일 수 있는, 그 그럭저럭 움직일 수 있는 왼발로 그림까지 그리는 중증의 뇌성마비 장애인이었다. 〈나의 왼발〉이라는 영화의 주인공을 상기하면 쉽게 이해가 갈 법하다.

　시집의 앞표지에는 '매화도'가 그려져 있는데 최 시인이 직접 그린 것이었다. '그 기품이 군자와 같다氣稟如君子'라는 좀은 평범한 화제畫題가 붙어 있는 그 그림은 뒤틀린 몸으로, 그것도 왼쪽 엄지발가락과 검지발가락 사이에 붓을 끼운 채 그렸다고는 도무지 믿어지지 않았다. 하지만 진짜 놀라움은 그 시집을 펼치면서 밀물처럼 닥쳐 왔다.

　《사랑 실은 그리움》이라는 제목의 그 시집에는 그가 20대 후반에 PC 통신 대화방에서 만난 23세의 한 여성과 가졌던 40여 일간의 짧은 추억과 그가 품었던, 그러나 스스로 거두어야만 했던 애절한 사랑과 이별이 호수처럼 고여 있었다. 그는 그 애절함을 율격을 제대로 갖춘 한

시漢詩로 먼저 썼고, 그것을 직접 우리말로 옮겨 놓았다. '사모곡思母曲'이라는 제목이 붙어 있는 연작시 그 두 번째 것은 이렇다.

牽牛織女莫悲容견우직녀막비용

萬里銀河七月逢만리은하칠월봉

不過三時誰謂遠불과삼시수위원

無分晝夜痛哉胸무분주야통재흉

견우와 직녀 그대들은 슬픈 얼굴 짓지 마오

은하수가 만 리나 된다 해도 7월에는 만나잖은가

불과 세 시간 거리를 누가 멀다 하리오마는

낮이나 밤이나 늘 가슴만 아파하네

그의 시를 읽는 동안 나는 내내 눈 뿌리가 아팠다. 그의 시들은 인간의 그리움이 어디까지 갈 수 있는가를, 그리움의 시어詩語가 얼마나 존재하는지를 시험하고 있는 듯했다.

그의 시집은 서점에 없다. 그리움에 값을 매길 수 없었던 게 시인의 마음이었는지, 출판사의 마음이었는지는, 알 수가 없다. 시집을 선물로 받고 얼마 뒤에 전시회를 연다고 해서 전시장을 찾았다. 꽤 늦은 시각이라 구경하는 사람들이 없었는데, 그래서였는지 전시장 한쪽에서 그는 지인과 바둑을 두고 있었다. 당연한 일이었겠지만, 바둑돌을 집어 바둑판 위에다 놓는 데는 모두 발가락을 사용했다. 그림 구경을 하고 나서 훈수나 둘까 싶어 지켜보는데 상당한 고수라 훈수 둘 생각을 접어야 했다. 참 재주가 많은 사람이구나, 하는 생각이 들었다. 멀쩡한 사람이었다면……, 하고 생각하다가 얼른 고개를 흔들었다. 혼자 겸연쩍어, "최 형, 발은 깨끗이 씻었어요?" 하고 물었다. 한마디를 하는 데도 온 힘을 다 들이고 온몸을 다 뒤틀어야 하는 그가, 대답 대신 환하게 웃었다. 웃기만 하는 데도 시간이 꽤 들기는 했지만.

선비로서 도道에 뜻을 두고서도
험한 옷 험한 음식을 수치로 아는 자라면
더불어 생각을 나누지 못하리라.

— 《논어論語》

발견되지 않는, 소설가의 생활

홍상수의 영화 〈생활의 발견〉은 자기도 모르는 사이에, 혹은 알고 있지만 모른 척하면서, 또 혹은 철저하게 인식한 상태에서, 누군가의 몸짓이나 말투를 흉내 내는 사람들에 관한 이야기다. 이때 '사람들'이란 어떤 특정한 부류만이 아닌, 우리 자신까지 포함된, 그래서 인류라고 해야 할 만큼의 진폭을 가진다. 그들의, 아니 우리의 '생활'은 곧 흉내이며, 그 흉내의 반복이다. 이때 생활이나 흉내라는 단어는 역사라는 단어로 대체될 수 있다.

벌써 햇수로 8년이 지난 어느 날 오후, 나를 포함해서 다섯 명이 관객의 전부였던 춘천의 한 조그마한 영화관 – 인구 20만의 이 조그만 도시에도 멀티플렉스가 두 개나 들어섰고, 그중 하나가 생기고 얼마 되지 않아 단관 극장은 일제히 문을 닫았다 – 에서 그 영화를 보면서 나는 매우 진지하면서도 가벼운 부양감을 느꼈다. 깊은 명상에 들어 있을 때 어느 순간인가부터 찾아드는 무아경을 닮은. 황홀함마저 사라져 버린 어떤.

만약 삶이 누군가의 그것을 모사하는 것이며 그 모사가 끊임없이 반복된다는 것이 사실이라면 인생에 있어 우리를 괴롭혀 온 수많은 문제들이 아주 간단하게 풀릴 수 있다. 흉내 내는 것이 삶을 형성한다면 분석은 무의미해지고, 지혜에의 갈구 따위는 하찮아질 수밖에 없기 때문이다. '생활의 발견'이라는 영화의 제목이 포괄적으로 함유하는 바의 세계 인식만이, 필요하다면 유일하게 필요한 무엇이다. 발견, 즉 찾아내기만 하면 되는 것이다. 나는 누구를(혹은 무엇을) 흉내 내고 있는지, 나를 흉내 내고 있는 것은 누구인지(혹은 무엇인지)를 찾아내는 것만이 우리가 해야 하고 할 수 있는 일이 되는 것이다. 발견은 곧 깨달음이 된다. 나는 누군가의 모사태模寫態이며, 누군가는 또 나의 모사태라는 것 — 이 사실을 깊이 인식함은 곧 깨침이고, 이것은 세계에 대해 우리가 안고 있는 난관을 여는 확실한(혹은 유일한) 열쇠다.

이 열쇠를 갖고 있는 한 우리는 충분히 경쾌하고 명랑해질 수 있다. 자유란 깃발은 더 이상 목표나 목적의 산정에 꽂혀 있을 이유가 없다. 그것을 빼앗기 위해 목숨 걸고 투쟁할 필요가 없다. 그냥 그 자리에서, 오직 인식만으로, 우리는 자유로워져 버릴 수 있기 때문이다. 시간과 공간은 아주 가볍게 극복된다. 무의미하기 때문이다. 시간과 공간으로부터 가볍게 탈출할 수 있다는 것은 '지금 - 여기'가 가져다주는 은근한 압박으로부터도 속 시원하게 벗어나게 해줄 것이며, 이러한 비현존성은 우리를 확실히 '뜨게' 할 것이다. 시간과 공간이 사라졌다면 '나'

역시 존재할 수 없을 것이고, 두 발이 땅을 디디고 있을 때의 안온함 자체가 이미 공중부양이기 때문이다. 이때 소설이란 얼마나 가벼워도 상관이 없으며, 모든 무거운 소설들이 공중을 붕붕 날고 있을 것이다. 그걸 상상하니 가슴이 벅차고, 행복했다. 영화관을 나서고 얼마 있지 않아 다시 무거워지긴 했지만, 그거야 습관에 불과한 것 – 언젠가는 다시 붕붕 뜰 수 있을 거라 믿어 의심치 않았다.

그로부터 8년이 지난 오늘, 흐흐, 나는 '여기'에 없다. 물론 '지금'에도 없다. 경쾌하고 명랑하다, 젠장!

바람을 꺾을 수 있는 자는 죽지 않는다.

– 장 자크 루소

삶이라는 죽음

유방劉邦을 도와 한漢을 세워 큰 공을 얻었던 장수 한신韓信은 후에 반란을 일으키려 한다는 역모의 혐의를 받고 죽임을 당하였는데, 그가 대역죄인임은 《한서漢書》〈한신전〉을 들추어 보면 금방 알 수가 있다. 그런데 재미난 것은 고려 중기 군사독재시대의 지식인 이규보李奎報가 이 〈한신전〉을 반박하는 글을 지었다는 사실이다. 고려의 지식인이 쓴 글의 요지는, 한신을 난세의 용장으로 살아간 자의 하나로 보면 그만 인데 지나치게 그 죄를 묻는 것은 공정치 못한 일이라는 것이다. 내 눈을 동그랗게 뜨게 만든 것은 백운거사白雲居士 이규보의 글이 아니라 그가 〈한신전〉을 반박했다는 사실 자체였다. 도대체 동쪽 변방 오랑캐족의 문사文士가 천 년이나 지난 뒤 중화대륙의 한 대역죄인의 죽음을 논한 글에 반박을 하다니! 그의 오지랖 넓음에 혀를 내둘러야 할지, 아니면 혀를 끌끌 차야 할지, 쉽게 갈피가 잡히지 않았다.

내가 이규보의 글을 통해 얻은 작은 결론은 '사람은 시간에 지배 당하지만 삶은 시간을 넘나든다' 는 것이었다. 존재의 비약은 중뿔나게 대단한 철학적 기반을 가져야만 가능한 것이 아니라, 아주 간단히, 가령 천 년 전의 어떤 글에 천 년 뒤의 내가 딴죽을 걸기만 하면 되는 것이다. 물론, 제대로 걸어야 하지만.

만약 인간의 삶이란 것이 한 시기의 생으로 그만이라면 당대當代란 지극히 왜소한 찰나에 불과하다. 당대로 모든 것이 소멸되는 삶이란 당대를 뒤엎는 모든 개혁, 변혁, 반란, 변화의 의지를 물거품으로 꺼지게 만들 뿐이다. 물리적인 것이건 정신적인 것이건 상관없이 허망에 다름 아니다. 30년을 땅을 일구는 것이나, 40년을 나라를 위해 봉사하는 것이나, 50년을 저자 바닥에 그림자를 끌며 지내는 것이나 이 모두가 절망의 행로 위의 삶이라 말하지 못할 도리가 없는 것이다. 이 까닭은 오직 삶과 죽음의 일회성에 있다. 일회성을 이어 가려는 처절하고 가련한 연명 이상의 의미를 발견하기 힘든 자식이란, 그 일회성의 확연한 증인에 불과할 뿐, 그들을 증인의 족쇄로부터 풀려나게 해 줄 수는 없다.

당대로 삶과 죽음의 모든 것이 소멸되는 걸 뻔히 알면서도 이 일회적 생사의 국면을, 구차하기 짝이 없는 생의 철칙을 내던져 버리려는 자는 많지가 않다. 절망의 거친 숨소리를 거두기 위해 삶을 미리 던져 버리는 짓은 그리 많은 사람들이 취하는 태도가 아니다. 절망조차 절망으로 인식하지 못하거나, 자신의 철학에 끈끈한 의심을 품고 있거나, 둘 중의 하나일 것이다. 판도라의 상자 밑바닥에 희망이 고여 있다는 식의 이야기를 만들어 내는 인간의 두뇌, 혹은 언변은, 생각해 보면 초라하기 이를 데 없는데, 문학의 한 천재는 왜 천 년 전 남의 나라 일에 왈가왈부 떠들어낸 것일까?

부나비는 결코 자살하기 위해 불길 속으로 뛰어드는 것은 아니다. 그러나 그는 결국 자살에 버금가는 짓을 운명적으로 저질러 버린다. 실은 자연계의 모든 생명들은 이런 무모한 행위자들이다. 좀 더 시선을 넓혀 본다면 삶이란 그 자체로 자살이다. 죽음의 덫을 향한 수많은 갈래길 중, 오직 죽음으로 이어지는 길만을 선택하는 한 마리의 가련한 사슴일 뿐이다. 수많은 기로에서 오직 죽음의 덫을 향해 난 길만을 선택한다는 것만큼 운명을 절묘하게 드러내는 것이 또 있을까? 그 누구도 죽음을 피해 갈 수 없다는 이유만으로 이 운명은 자살의 운명이 아니라고 말할 수는 없는 일이다. 그 행로에 들려오는 배경음악이 베르디의 '히브리 노예들의 합창' 이든, 저 진양조의 한 서린 육자배기든 무슨 상관이겠는가.

숱한 일회성의 종말이 지금까지 이어져 왔다. 그리고 지금 나 역시 그 긴 행로의 짧은 여행객으로 살아가고 있다. 시간의 상대성이란 그리 위대한 발견이 아니다. 이런 지경에선. 그저 당연한 일일 뿐.

만약 이 세상에 고통이 없다면
죽음이 모든 것을 깎아 없애 버릴 것이다.
나에게 상처가 고통을 주지 않는다면
나는 그것을 고치려고도 하지 않을 것이고,
그로 인해 죽고 말 것이다.

– 하인리히 빌헬름 폰 클라이스트

팔꿈치 세 번
부러뜨려 보지 못한 의사는
모두 돌팔이다

대학을 다니던 몇 년 동안 고시공부를 한 적이 있었다. 마땅히 다른 할 일이 없었기 때문이기도 했고, 친구란 놈들이 모두 그걸 하고 있었기 때문이기도 했다. 어느 날, 그놈들 중의 하나가 서점에 함께 가자고 해서 따라나섰다. 전두환이 바꿔 버린 법률 조항을 확인하려는 것이 놈의 목적이었고, 그러자면 개정판 법전이 필요했다. 도서관에 가면 간단히 해결될 문제를 왜 서점까지 가느냐고 따지기가 귀찮아서 나는 시내에서 가장 큰 서점으로 향하는 놈의 발길을 굳이 붙들지 않았다.

대학 교재 코너가 있는 서점 2층으로 올라간 녀석은 서가에서 개정판 법전을 빼내서 이리저리 유심히 살펴보더니 제자리에 도로 꽂아 놓고는 "그만 가지" 하고 좀 시큰둥하게 말했다. 거리로 나온 우리는 헛헛한 속을 달래기 위해 허름한 술집들이 즐비한 도깨비시장 뒷골목으로 들어섰다. 그날은 싼 집을 찾기 위해 눈알을 굴릴 필요가 없었다. 웬일로 친구 녀석이 자기가 쏘겠다고 나섰기 때문이었다. "오늘은 내

가 살게." 거침없이 녀석은 내뱉었다. 그리고 술자리에 앉기 무섭게 녀석은 만면에 미소를 띠면서 옆구리에 끼고 있던 두꺼운 책 하나를 내 앞으로 쓱 내밀었다. "앗!" 나는 외마디를 지르고 말았다. 그것은 때깔 고운 개정판 새 법전이었다. 녀석은 자신이 갖고 있던 헌 법전을 아주 날렵한 솜씨로 새 법전과 바꿔치기 한 것이었다. 그러니까 후루룩 살펴보고 도로 서가에 꽂아 놓은 게 녀석이 원래 갖고 있던 구법전이라는 얘기였다.

술을 마시는 동안 나는 녀석의 솜씨에 대한 경탄과 까닭 모를(!) 죄책감 사이를 분주하게 오갔다. 그 죄책감은 녀석이 저지른 절도죄로 인해 생겨난 것이 아니었다. 절도죄로 따지면 법률을 바꿔치기 한 전두환의 그것에 어찌 미칠 수 있었겠는가. 문제는 전두환이 바꿨건 법 가지고 장난치기 좋아하는 법의 도깨비가 바꿨건, 아무리 더럽고 치사해도 바뀐 법률을 공부하지 않으면 안 되는 게 고시생의 숙명이라는 사실이었다. 새로 바뀐 법전을 사려면 녀석은 녀석의 부모에게 손을 벌려야 했고, 그렇게 마련된 거액의 책값은 십중팔구 친구들 몇 놈의 마수에 걸려 새 법전 대신 소주로 바뀌었을 게 뻔한 일이었다. 그 친구들 몇 놈 중의 하나가 바로 나라는 사실이 결국 내게 죄책감을 느끼지 않을 수 없도록 만든 것이다. 그런데 취기가 오르고 그 흉물스런 죄책감으로부터 막 벗어나려는 찰나였다. 녀석이 탁자를 소리도 요란하게 내려치면서 벌떡 일어났다. 그리고는 미친 듯 술집을 뛰쳐나갔다.

그리 오래지 않아 돌아온 녀석의 얼굴은 감정의 구멍가게, 감정의 잡동사니, 감정의 하수종말처리장이 되어 있었다. 목구멍 너머로 소주 두 잔을 거푸 털어 넣은 녀석은 "씨바!" 하고 경쾌하게 내질렀다. 놀란 내 두 눈이 도대체 이유가 뭐냐고 묻고 있었다. 그러자 녀석은 이렇게 대답했다. "법전 뒷장에 이름 써 놓은 걸 깜빡했잖아. 우와, 식겁했네." 웃음을 터뜨리기 직전에 내가 물었다. "그래서? 그래서 새 걸 도로 갖다 꽂아 놓은 거야?" 녀석이 씩 웃으며 대답했다. "에이, 그럴 순 없지. 그냥, 지웠지." 윗도리 포켓에서 검정 사인펜을 착, 소리 나게 꺼내 들며 이렇게 덧붙였다. "이런 걸 증거인멸이라고 하는 거야."

법관이 되기도 전에 절도죄에다 완전범죄를 위한 증거인멸이라는 만행까지 저지른, 하지만 만행이 아니라 끝끝내 최선(!)을 다했다고 우긴 녀석은, 대학을 졸업할 때까지 고시에 합격하질 못했다. 하지만 녀석은 그게 '법의 신'이 내린 저주라고 생각하지는 않았다. 서수는커녕 녀석은 아주 멋진 변명까지 제대로 갖고 있었다. "《춘추좌씨전春秋左氏傳》이란 책을 보면 이런 말이 나오지. 삼절굉지위양의三折肱知爲良醫, 좋은 의원이 되려면 제 팔꿈치 세 번은 부러뜨려 봐야 하는 법!"

제2부

●

부분을 오해하지 않고는
전체를 이해할 수 없다

물은 배를 띄우기도 하지만, 뒤엎기도 한다.

― 순자荀子

강江에 대해 생각함

바닷가 마을에서 나서 열다섯 살까지 살았다. 그 뒤 15년은 바다와는 멀리 떨어져 지냈다. 풍광 좋은 강이나 호수가 가까이 있었던 것도 아니어서, 물과는 인연을 끊고 산 15년이었다. 그런데 그 뒤의 15년은 다시 물을 곁에 두고 살게 되었다. 그동안의 물과의 단절을 만회라도 하듯이 바라보는 것만으로는 바다에 버금가는 호수의 마을에 살게 된 것이다. 몇 발짝만 걸어 나가면 바로 물내음을 맡을 수 있고, 거실에 앉아 있기만 해도 호수의 물줄기가 훤히 내다보인다.

바다 마을에 살던 어린 시절에는 바다에 나가도 별 감회가 없었다. 어떤 때는, 전생에 바다에 빠져 죽기라도 한 듯 바다가 지긋지긋하게 느껴지기도 했다. 호수를 끼고 산 세월도 어지간해진 탓인지 이젠 호수를 보아도 별 감응이 없다. 거실에서 호수를 내다보는 횟수도 점점 줄어드는 게 사실이다. 바다와는 달리 늘 잔잔하기만 한 호수가 때로는 너무 밋밋해서 은근히 화가 나기도 하니, 감응이라는 단어를 쓰기가 오히려 민망스럽다. 그런데 며칠 전 책을 읽다가 나는 주먹으로 내 머리통을 호되게 쳤다. 시인 유치환柳致環의 어떤 시를 찾아 달라는 친구의 부탁을 받고 그의 문집을 뒤적이던 나는 다음과 같은 구절을 발견한 것이다.

강물이여, 가서 가서 쉼 없는 자여.
한번 가선 돌아옴이 없는 자여.
즐거이 즐거이 노래하며 가는 자여.
한번 가서 마침내 뉘우침이 없는 자여.

바다와 호수가 강에게, 강의 그 쉼 없는 흐름에 빚을 진 것은 사실이다. 강이 없었다면 바다도 호수도 있을 수가 없다. 나는 바다를 보고 심드렁했던 이유와 호수를 보고 심드렁했던 이유를 한꺼번에 풀어낼 수 있었다. 내 눈앞에 펼쳐진 광대함이 한순간 무의미하게 느껴졌던 이유 - 그것은 그것의 원인과 까닭을, 거기에 이르는 과정을 간과했던 때문이었다.

레몽 푸앵카레Raymond Poincaré의 "수원水源은 알 수 없으나 강물은 여전히 흐른다"는 말이 가슴 안으로 밀려든 것도 그때였다. 돌아옴도 없고, 뉘우침도 없이, 그 근원조차 알지 못한 채 떠밀려 온, 그렇게 흘러온 물줄기는 바로 내 삶일 수도 있는 것이다. 그 내 것인 삶을 내가 보지 못한 채, 죽음에 다름 아닌 광대함 앞에서 무슨 얄팍한 감회를 짜내려 했다니…….

즐거움이란 다른 사람의 고통에서 생겨난 쾌락이다.

– 오비디우스

기쁨을 멸하다

'멸' 한다는 것은, 먼저, 절멸絶滅시킨다는 것이다. 또한 한껏 경멸輕 蔑한다는 것을 말한다. 즉, '멸' 한다는 것은 없애자는 것이고, 조롱하 자는 것이다.

이 세상에서 가장 철저히 없애고, 철저히 조롱해야 할 것은 바로 기 쁨과 즐거움이다. 기쁨과 즐거움을 없애 버릴 수 있다면 슬픔과 고통 을 없앨 수 있으며, 기쁨과 즐거움을 조롱할 수 있다면 슬픔과 괴로움 에 끌려 다닐 필요가 없어진다.

진정 강한 것은 담과 둑이 없다. 하늘은 제방을 만들지 않고, 우주는 그 자체로 생사生死의 범람을 막지 않는다. 그러나 인간이 만든 것에는 모두 담과 둑이 있다. 인간은 집을 지어 그 안에 값나가는 것을 들여놓 고는 담을 둘러치고, 물길의 범람을 막기 위해 둑을 치듯 스스로 초병 이 되어 도둑의 침탈로부터 그 보화를 지키려 든다. 그래서 얻어지는 기쁨과 즐거움은 슬픔과 괴로움이라 해도 다르지 않다.

기쁨과 즐거움은 가득 차는 법이 없고, 슬픔과 괴로움은 어떻게 하든 줄이려 들고, 없애려 든다. 그러나 기쁨과 즐거움을 가지려 하는 한 결코 슬픔과 괴로움이 없어지지 않는다. 설사 기쁨과 즐거움이 늘어나더라도 슬픔과 괴로움 역시 커지게 마련이다. 지혜를 사랑하는 인간은 희락喜樂과 비통悲痛을 낳는 조건, 즉 재산과 보화를 없앰으로써 슬픔과 괴로움으로부터 벗어나려 한다. 그러나 이것만으로는 진정으로 지혜로운 자가 된 것은 아니다. 언젠가는 자신이 아무것도 가지지 못하고 있다는 사실과 맞닥뜨리게 되고, 그것으로부터 상처를 입을지도 모르기 때문이다. 슬픔과 괴로움의 가능성은 늘 존재하고 있다는 것이다.

　　그러면 어떻게 할 것인가. 행해야 할 것은 자명하다. 열락悅樂을 토멸討滅하고 멸시蔑視하면 되는 것이다. 우리가 아는 열락은 실은 진정한 기쁨도 즐거움도 아니다. 맛난 요리를 맛보는 기쁨과 멋진 파트너와 연애하는 즐거움, 자식의 출세로부터 얻는 기쁨과 귀중한 물건을 소유하는 것으로부터 생기는 즐거움, 자신의 능력을 맘껏 발휘하는 기쁨과 자신을 위해 땀을 흘려 주는 타인을 구경하는 즐거움 – 이것이 우리가 아는 열락悅樂이며, 희락이며, 기쁨과 즐거움이다. 혹은 최고조로 내달리는 기쁨, 가장 높은 곳에 오르는 즐거움 – 이것이 우리가 아는 열락과 희락과 기쁨과 즐거움이다. 그러나 그 어느 것이 온전한 기쁨이고 즐거움인가? 기쁨과 즐거움을 지켜내기 위해 한 치의 게으름도 여유도 허용하지 않는다면 그렇게 얻는 기쁨과 즐거움은 슬픔과 괴로움의 모래 위에 세워진 누각에 불과하다. 언제 허물어질지 모르는 그 누각은 또한 담과 둑으로 철저히 둘러싸인 감옥에 불과하다.

　우리는 탈출할 수 없는 감옥 안에서 기뻐하고 즐거워하는 것이다. 광활한 우주를 버린 대가로 우리는 하나씩의 감옥에 갇혀 있는 것이다. 거기서의 제한된 만족을 기쁨이라 하고 즐거움이라 하는 것이다. 이런 감옥 속에서는 죽었다 깨나도 우주의 열락을 알지 못한다. 우주의 열락은 제한되지 않는다. 우주를 막아 세우는 담이나 둑은 존재하지 않는다. 우주에는 아무것도 없으며, 모든 것이 다 있다. 우리는 그것을 가질 수가 없으므로, 가질 수 있는 무엇, 가져서 늘 확인할 수 있는 무엇을 가지려 든다. 그것이 열락이다. 그러나 그 열락은 우주의 열락이 아니다. 열락을 깨고 나서야, 없애고 나서야, 한껏 조롱하고 나서야 우주의 열락을 가질 수 있다. 그리고 그것은 가지는 것이 아니다. 그것은 이미 존재하는 것이고, 가만히 있으면, 아니, 우리가 알고 있는 열락을 없애고 조롱한 뒤라면 스스로 알아서 찾아든다. 우리가 이미 우주의 한 구성물이듯이.

　한낱 구성물인 주제에 스스로를 담과 둑으로 둘러치고 "나는 우주다!" 하고 외치고 있으니 어찌 우주의 열락이 우리를 맞아 줄 것인가. 어리석은 인간의 못난 짓이다.

꽃이 가진 매력 중 하나는, 아름다운 침묵이다.

– 헨리 데이비드 소로

난蘭꽃

몇 해 전 가을, 무슨 좋은 일이 있으려는지 집에서 키우던 난 화분 둘이 한꺼번에 꽃을 피웠다. 살면서 일어나는 모든 일이 다 좋은 일이라고, 명상가처럼 생각하며 살려고 애쓰던 그때, 그 꽃들이 피어 있던 내내 좋았다. 폐암으로 넉 달 넘게 투병 중이시던 장모님의 생명은 조금씩 스러져 갔고, 간병하는 사람들의 얼굴에도 피로와 상심이 어둡게 쌓여 가고 있었다. 그 모든 것이 좋은 일이라면, 두 개의 난 화분에서 핀 여섯 송이의 난 꽃들은 화신花神의 전령이었음에 틀림이 없었다. 며칠이 지나 꽃들이 하루 간격으로 지기 시작하더니, 장모님의 투병도 끝이 났다. 삼우제를 마치고 집으로 돌이온 날, 까맣게 사원 꽃대가 난 잎 속에 삐죽이 솟아 있었다.

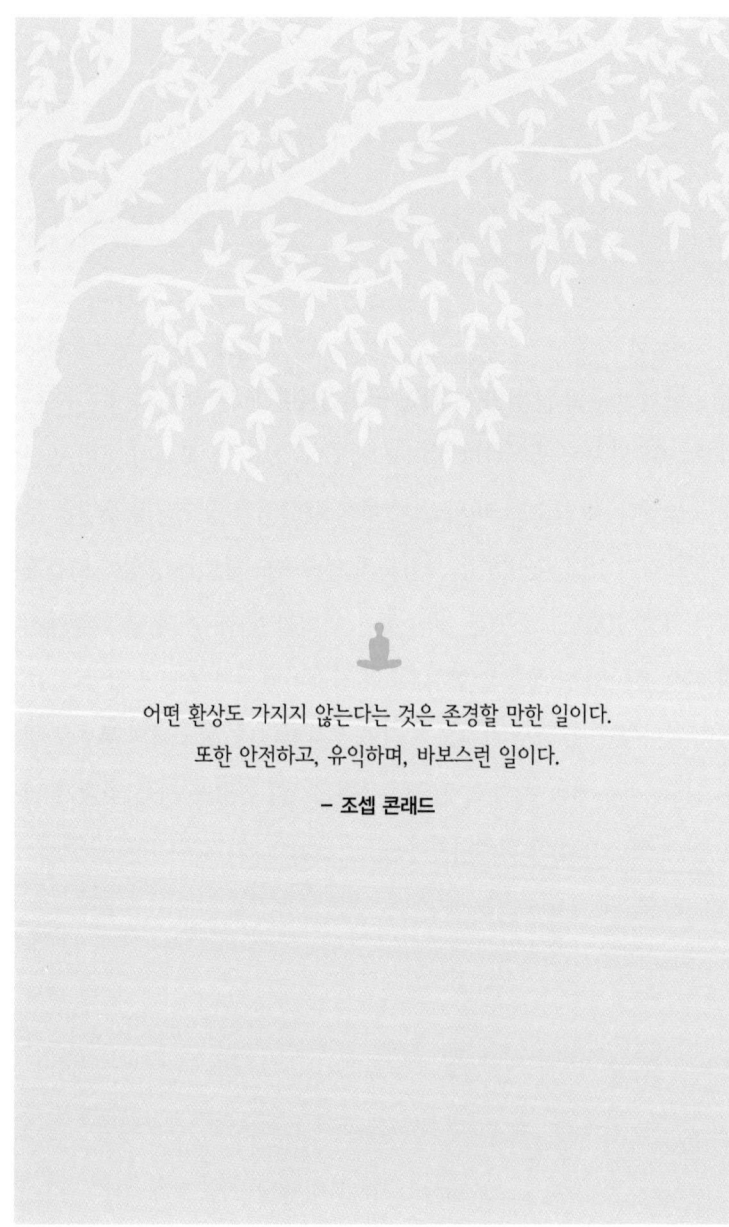

어떤 환상도 가지지 않는다는 것은 존경할 만한 일이다.
또한 안전하고, 유익하며, 바보스런 일이다.

– 조셉 콘래드

돌

돌은 십장생十長生의 하나다. 초과학超科學, 혹은 신과학新科學을 소개하는 어떤 책에 보면 이런 말이 나온다. "돌이 죽어 있다는 것을 증명하지 못한다면 우리가 살아 있다는 것을 증명할 수가 없다." 돌은 죽어있는 것이 아니라는, 우회적인 표현이다.

나는 돌이 살아 있다는 것을 증명할 재간이 없지만 돌을 오래 만지며 산 사람들은, 가령 돌에다 글씨를 새겨 넣는 일을 하는 서각가書刻家들은 돌의 생명성을 의심하지 않으며 돌로부터 장구한 삶, 끝나지 않는 생명을 느낀다고 한다. 하지만 나는 돌을 아무리 들여다보아도, 아니 들여다보면 볼수록 거기에서 생명의 기운을 느낄 수가 없다. 이유는 돌의 움직임 없음, 확고한 부동不動 때문이다. '미동도 없다'는 말을 돌만큼 여실하게 보여 주는 사물도 따로 없을 것이다. 가령 산은 사철의 변화를 담고 있고, 물은 아무리 고여 있더라도 파동을 가진다. 아무리 냉담한 인간도 눈알을 굴리고 근육을 실룩일 때가 있다. 그러나돌은 그렇지 않다. 어떤 변화도 보이지 않는다. 만약 그것이 살아 있다는 것이 사실이라면, 그래서 그것을 증명하기 위해서는, 모르긴 해도

지극히 오랜 시간이, 시간이라고 표현할 수조차 없을 정도로 길고 긴 시간이 필요할 것이다. 억겁億劫이란, 이런 시간을 두고 하는 말이 아닐까.

그리하여 이것이 내가 얻은 유일한 진리다.
"나는 물처럼 왔다가, 바람처럼 가리라."

– 오마르 하이얌

물

　물은 그 담기는 용기와 상관없이 항상 수평을 유지한다. 땅이 기울어져 있어도 강은 수평으로 흐르고, 아무리 불균형한 그릇에 담겨도 그 담긴 물은 늘 정확히 수평을 이룬다. '물과 같이 되다' 라는 뜻의 여수如水 혹은 심여수心如水라는 수신덕목修身德目이 생겨난 것도 균형을 잃지 않는 물의 그 수평성에 기인한다. 하지만 바닷가에서 나서 자란 나는 물은 곧 바다였고, 그 물에는 항상 거친 파도가 존재했다. 바다 기슭을 훑고 가거나 바위에 부딪쳐 부서지는 흰 포말을 가진 파도가 곧 내게는 물이었다. 그래서 물에서 수평의 정신을 발견하기보다는 역동성이 먼저였다. 또한 그 역동성은 여기에서 저기로 흘러가는 유장한 흐름이 아니라 끊임없이 밀려오고 쓸려 가는, 마치 거대한 쳇바퀴와 같은 움직임으로서의 역동성이었다.

　그러나 내가 만약 좀 더 멀리로, 파도가 부서져 내리는 발치나 눈앞이 아니라 더 먼 곳으로 시야를 자주 던져 보았더라면, 나는 그때 이미 물의 고요한 수평성을 발견할 수 있었을 것이다. 그 먼 곳에는 더없이 잔잔한 수평선이 존재하고 있었으므로. 물의 적요寂寥한 수평성을 내

눈으로 직접 확인한 것은 오히려 바다를 떠나 춘천으로 이사를 와 거대한 호수를 눈앞에 두고 살게 된 뒤부터였다. 물은 미동도 없이 고여 있었고, 느리게 흘렀다. 그 어디서나 물은 그 특유의 수평성을 유지하고 있었다. 때로 너무 깊게 가라앉아 숨이 막히고, 너무 더디게 흘러 갑갑했지만, 오히려 그것은 내 숨의 얕음과 성정의 강퍅함을 확인시켜 주었다. 호수의 물은 하염없이 흘러드는 모든 오물을 끌어안은 채 잔잔히 고여 있거나 느리게 움직이고 있었다. 먼지 한 올을 떼어 내기 위해 부산히 몸을 터는 나를 비추고, 질책하며.

열정으로 가득 찬 마음은
논리의 냉혹한 시선과 집요한 해부에 분노한다.

– 윌리엄 글래드스턴

빛과 불

　서기 1600년 2월 17일 로마의 '꽃의 광장Piazza del Fiore'에서 한 수도사가 화형을 당했다. 그는 르네상스 사상을 대표하는 철학자 조르다노 브루노Giordano Bruno(1548~1600)였고, 그가 불에 타 죽은 이유는 "우주에는 수많은 태양계가 있고, 행성들이 그 태양의 주위를 돌고 있다"는 소신을 굽히지 않았기 때문이었다. 우주의 삼라만상에 신성이 깃들어 있다는 5백 년 전의 이 아름다운 범신론汎神論은 기실 오늘에도 명확히 가지기 버거운 위대한 사상이다.

　범신론을 나는 한마디로 '종교적 포용성'으로 이해한다. 우리는 종종 매우 관대하고 넓은 '인간적 포용력'을 지닌 사람들을 만나게 되면 마치 성자를 만난 듯 놀라워하고 존경의 마음을 가지게 된다. 그런데 바로 그 사람이 '종교'와 관련된 문제에서는 의외로 완고해서 그의 포용력마저 의심케 되는 경우가 있다. 이럴 때 나는 그의 '인간적 포용력'이 거짓이라고 단정해 버린다. 더불어서 '인간적'이라는 관형어가 그리 큰 범주가 아니라는 사실을 새삼스럽게 확인한다. 그것은 오히려 지엽적으로 보이는 '종교적 포용력'보다 협소한 범주다.

신神에 대한 것이든 인간, 혹은 세계에 대한 것이든 '확고하게 형성된 믿음'을 '포용력'이라고 불러서는 안 된다. 어떤 것이 '종교적'이라는 수식을 받기 위해서는 '확고한 믿음' 따위로부터 멀리, 진정으로, 떨어져 있어야 한다. 그러지 않다면 거기에는 '교의적敎義的'이라든가 '정파적政派的'이라든가 '광신적狂信的'이라는 수식어가 필요하다.

엄밀한 의미의 '종교적'이라는 말은 무슨 신을 어떻게 믿는가라는 차원에 머물지 않는다. 인간의 의식과 행위 전체를 관통하는 초시간적, 초공간적 가치를 가지고 있어야만 진정으로 '종교적'이라는 수식이 가능하다. 브루노 수도사로 하여금 타오르는 불꽃 속에서 생의 마지막 시간을 고통스럽게 보내도록 만든 것은 바로 그 초시간적, 초공간적 가치였다. 시간과 공간을 초월한 것만이 보편적인 힘과 내용을 가질 수 있다. 사상과 행위 사이에 어떤 틈도, 불일치도, 존재하지 않는.

"너는 꽃의 광장, 그 타오르는 불길 속에 서 있을 수 있는가?"

나는 떨리고 두려운 마음으로 이 질문을 나 자신에게 던지곤 한다. 그 질문을 던지는 이유는 단 하나, 가짜가 아니라 진짜를 살기 위해서다. 적당히 얼버무리며 사는 따위의 가짜 삶, 돌아보면, 허구한 날 그렇게 살아왔기 때문이다.

아침에 잃어버린 한 시간을 찾으려면
하루 종일 헤매고 다녀야 한다.

― 리처드 워틀리

시간의 지팡이를 짚고
숲으로 걸어가다

숲이 우거진 곳으로 들어갈 때면 매번 나는 시간에 대해 생각하게 된다.

"태초는 어떠했을까?

최초의 시간,

시간이 처음 생겨나게 된 때,

그때는 어땠을까?"

이 의문은 곧바로 '최초의 인간'에 대한 의문으로 이행된다. 진화론에 대해 깊이 생각할 필요도 없이 최초의 인간과 최초의 시간 사이에는 '얼마간' 거리가 있을 것이 분명하다. 최초의 시간은 최초의 인간이 있기 전에 이미 존재하고 있었다. 그러니 최초의 인간이 본 것은 이 세상의 최초의 흙도, 최초의 숲도, 최초의 하늘도 아니었다. 그렇다면 최초의 흙, 숲, 하늘이 존재하였던 그 순간, 즉 최초의 시간은 결코 어떤 목격도 허락하지 않는다. 우리가 가지는 시간은 결국 어떤 '이후'

일 뿐이다.

　나는 깊은 숲을 빠져나오며 시간에 대한 고뇌를 버린다. 그것을 안은 채로 안식처로 돌아오는 일은 힘겨울 뿐 아니라, 무의미하기까지 한 때문이다. '이후의 시간'만이 존재하는 곳에서의 이전에 대한 고뇌란 한낱 가당찮은 '폼 잡기'에 불과한 것이다. 그런데, 그럼에도 불구하고, 끈질기게 내 의식을 좇고 있는 것 – 이놈의 정체는 대체 무엇인가? 나는 왜 '이전의 시간'이라는 놈의 꼬리를 여전히 붙들고 있는 것일까?

　"희한하다.
　깊은 숲의 꿈을 꾸는 나는,
　대체 얼마나 잘못된 것일까?"

정직한 인간은 신의 가장 고귀한 작품이다.

– 알렉산더 포프

신의 힘

나는, 물론, 신을 알지 못한다. 알지 못할 뿐 아니라 짐작조차 할 수 없다. 무엇엔가 비유해 보지만 끝내 그 비유에 만족하지도 못하거니와 그 비유의 부실함에 곧 얼굴을 붉히고 만다. 내가 생각해 낼 수 있는 최선의 것보다 '더' 한 무엇이 신일 것 같기 때문이다. 결국, 다만, 나는 물을 수 있을 뿐이다.

"신은 누구인가? 혹은, 무엇인가?"

나는 아직 초월적인 현상, '신의 개입' 이라는 말이 기가 막히게 딱 들이맞을 것 같은 그런 현상을 경험한 적이 없다. 사실, 이 진술은 정확한 표현이 아니다. 왜냐하면, 실은 내게 아주 특이한 일들이 일어났음에도 불구하고 그것을 초월 현상이니 신의 개입 같은 것으로 생각하지 않았기 때문이다. "우연치곤 참 특이하군……" 하고 중얼거렸던 그 일들. 신의 개입이나 초월적 현상보다는 우연을 먼저 끌어들인 건, 내 성격에 내재하는 염세적 기미 때문임이 분명하다. "초월이라니, 신의 개입이라니, 나 따위에게……."

신에 대한 적극적 해석을 은근히 가로막는 사회적 통념과 '과학적'이라는 관형어도 초월의 기미를 보인 현상들을 우연으로 돌려 세운 또다른 장본인들일 것이다. 또한, 스스로 미신적 인간이 되었음에 대한 자책감을 견딜 자신이 없었던 그 한때의 나도 역시 중요한 초월의 훼

방꾼이었음은 자명하다.

　신이란, 사실, 받아들이기에 여간 껄끄러운 존재가 아니다. 존재? 신
은 존재인가? 어쨌든, 존재이든 아니든, 그것을 받아들이면 마치 나 자

신이 너무 하잘것없이 되어 버릴 것만 같아서, 나 자신이 굴욕적인 피지배자로 전락해서 어떠한 권리도 갖지 못하게 될 것 같아서, 나는 신을 향해, 혹은 신으로부터 내게 전해진 어떤 일에 대해, 흔쾌히 끄덕였어야 했을 긍정의 고갯짓을 포기한 것은 아닐까? 이 물음을 대하고 보니 새삼스럽게, 그가 존재이든 아니든, 나를 압도하던 어떤 힘을 인정하지 않을 수 없다. 그 힘은 과연 내가 알지 못하는, 짐작조차 하지 못하는 신이 보유한 힘이었을까? 그 힘을 감지하는 것은 혹시 내가 이미 몇 차례, 깊이, '경험'한 때문은 아닐까?

신이 지닌 힘은 무엇일까? 흔히 '모든 것을 알고 무엇이든 할 수 있는' 전지전능全知全能의 존재가 신이라면, 정작 힘이라는 단어는 얼마나 왜소한가? 그토록 거대한, '거대한'이라는 형용조차 왜소하기 짝이 없는 신의 힘이란 도대체 무엇일까? 우리는 자연自然을 보아 왔다. 거대한 범람과 대화재 같은 재난들 앞에서 무기력하기 짝이 없었던 경험을 우리는 가지고 있다. 신은 이런 힘을 갖고 있는 것일까? 그러나 신의 힘이 이런 거라면, 나는 그 힘에 대해 결코 두려움을 느낄 수는 없다. 거대한 범람이나 대화재와 같은 재난은 기껏해야 인간의 목숨을, 물리적 생명을 앗아 갈 뿐이기 때문이다. 그것을 앗아 갈 뿐이라면 나는 결코 신의 힘을 위대하다고 여길 수는 없다. 재난이란 잃을 것이 더 이상 없는 자에겐, 모두를 잃어도 상관이 없는 자에겐, 더 이상 재난일 수조차 없기 때문이다.

신의 힘은 자연의 거대한 힘과는 다르지 않을까? 만약 다르지 않다면, 나는 거기에 관심을 가질 수가 없다. 죽음 너머에, 초월 너머에, 내가 도저히 알 수 없는 그 무엇 너머에 또 다른 '그 무언가' 가 있는데, 나는 그것을 알지 못하며, 짐작조차 할 수가 없을 때, 신이라는 이름은, 그래서 오히려, 참 무의미하다. 그리고 섬뜩하다. 제어할 수 없어, 절로 무릎뼈가 꺾이는, 공포처럼.

그녀의 얼굴은 그녀의 제1장일 뿐.

– 루퍼트 휴즈

이끼

이끼에게는 이름이 없는 줄 알았다. 그저 이끼일 뿐인 줄 알았다. 이끼에게 이름이 없다고 생각한 것은 내 눈에는 이끼의 모양이 다 똑같아 보였기 때문이다. 아니면 똑같은 모양의 이끼만 보았던 때문인지도 모른다. 하지만 그렇지는 않았을 것이다. 건성 봤던 까닭임이 분명하다.

생물도감을 뒤져 보니 이끼도 꽃만큼 다양하고, 예쁘다. 이끼는 너무 낮게 가라앉아 있어서 내 눈에 그 현란한 자태를 보여 주지 못했던 모양이다. 아니다. 작은 것을 도드라지게 보이 낼 줄 아는 눈이 없었던 탓에 나는 이끼의 아름다움과 다양함을, 저음처럼 부드러운 멋을 발견하지 못한 것이다. 이렇게 낮게 가라앉은 것들을 바라볼 줄 모른다면, 숨어 있는 것들은 어찌 찾아내 볼 수 있으랴.

수수께끼 중의 수수께끼는
기계가 기계를 만드는 일을 보는 것이다.

- 벤저민 디즈레일리

인터넷도 책이다

　내심 반년이면 족하리라 하고 시작했던 소설이 1년을 넘겨도 끝나지지 않았을 때, 나는 끊었던 담배를 다시 피워야 하는 게 아니냐를 심각하게 고민했다. "왜?" 라는 질문을 붙들고 몇 날을 고민했는데 매우 엉뚱한, 그러나 정답일 수밖에 없는 답 하나가 불쑥 튀어나왔다. 그것은 바로 "인터넷 때문이다"라는 것이었다. 인터넷은 내게는 자료를 찾기 위해 맨 먼저 뒤지게 되는 창고였고, 그 창고에 한번 발을 들이밀면 쉽게 그곳을 빠져나올 수 없었던 것이다.

　내게 있어서 소설을 쓰느 데 경험이나 사색만큼 중요한 요소는 바로 자료다. 장편인 경우 그것은 거의 절대적이다. 자료가 절대적 가치를 발휘하는 이유는 그것이 나의 경험이나 사색에 대한 고증考證을 가능하게 하기 때문이다. 자료에 의한 고증의 절차 없이 나는 한 치 앞으로도 내 소설을 끌고 갈 수가 없다. 그리고 거의 최근까지 그 자료는 오직 책에서만 구할 수 있을 뿐이었다. 온갖 장르의 책, 책, 책……

어느 땐가부터 하루 종일 읽어대던 책 읽기의 시간들 상당 부분이 미처 나 자신조차 눈치 채지 못할 정도로 감쪽같이 인터넷으로 옮겨 가 있었다. 덕분에 나는 안경을 새로 맞추어야 했는데, 웃기게도 "컴퓨터를 많이 쓰십니까? 그러면 이 렌즈를 한번 껴 보시는 게 어떻겠습니까?" 하는 안경사의 권유를 듣는 순간 나는 "아, 인터넷이었구나!" 하는 짧은 탄성을 터뜨렸고, 그것은 실은 내게는 대단한 발견이었다. 소설이 더디게 써지는 까닭이 결코 게으름이 아니었다는 안도의 한숨을 내쉬게 만든 것만으로도 그 발견은 의미 있는 일이었다.

인터넷이 소설 쓰기에 좋은 자료를 제공하고 있다는 점은 '전자책'에 대한 부정적인 면을 많이 삭감시킨다. 지금은 어느 정도냐 하면, 종이책이든 전자책이든 내게는 모두가 똑같은 읽을거리일 뿐이다. 이런 생각을 좀 확대시켜 보면, 책을 읽지 않는 사람들 혹은 독서량이 상당히 적은 사람에게 있어 인터넷은 여러 측면에서 그들이 경원해 왔던 '책'의 구실을 해줄 수 있을 것도 같다는 생각이 든다.

1년 가야 책 한 권도 제대로 읽지 않는 대다수 우리나라 국민들이 매일 신문을 읽는 데 투자하는 시간조차 5분 이하라는 최근의 한 통계 조사는 섬뜩할 지경이다. 하지만 이게 아무리 섬뜩한 일이라도, 이런 사람들에게는 책만큼 섬뜩한 것도 달리 없을 것이다. 이런 사람들은 책에 대해 제대로 접근해 본 적이 없었으면서도 책은 지루하고 시간을 투자할 만한 가치를 가지고 있지 않다고 말한다. 책을 읽을 바엔 차라리 쥐약을 먹겠다는 말을 서슴없이 할 사람들이다.

나는 바로 이런 사람들에게 쥐약 대신 인터넷을 줄 수 있지 않을까 싶다. 아니, 어쩌면 그들에겐 이미 거의 완전하게 인터넷이 주어져 있을 것이다. 다만 그것이 '읽을거리'로서의 '책'과 아주 유사하다는 생각을 하지 않을 뿐이다. 물론, 이 사람들은 인터넷에서 쓸 만한 읽을거리는 쏙 빼놓고 포르노 사이트나 뒤지고 온갖 웃기는 동영상이나 찾고 있을까? 십중팔구, 그럴 것이다. 하지만 포르노나 웃기는 동영상은 아무리 업그레이드가 잘된다고 해도 언젠가는 식상하게 되어 있다. 그러나 문자로 된 무언가를 읽는다는 고전적 품격은 그들에게 5분에서 10분으로 읽는 시간이 연장된다는 것이 무엇을 의미하는지에 대한 어떤 깨달음을 제공하게 될 것이다. 지나친 낙관이 아니다. 내가 인터넷에서 읽을거리를 발견하고 그것들을 자료로 인지하기까지 반년이란 시간이 걸렸듯, 여기서기 사이트를 뒤지다가 훑고 지나가는 문장들을 반년 정도 겪다 보면 문득 '읽는다'는 짓이 꽤 쓸 만한 일이라는 생각이 들지도 모른다는 말이다.

영화, 비디오, 텔레비전 같은 영상물이 책의 소비를 극도로 위축시켰다는 지적은 이론의 여지가 없다. 영상물에의 집착이 천민자본주의와 손잡고 우리 시대를 매우 경박하게 만든 것도 사실이다. 문학이 외

면당하고, 인문학이 바닥을 기는 현상은 시간이 흐를수록 심해지고 있다. 그런데 이 위세 당당한 영상물 앞에 인터넷은 거대한 적수의 형상으로 나타났다. 인터넷이 그들의 적수인 것은 인터넷이 문자와 뗄 수 없는 관계를 맺고 있기 때문이다. 근자 인터넷 방송이란 게 생기고, 음성이 문자를 대신하는 프로그램이 선보이고 있지만, 이것은 한때 소설을 카세트테이프에 담아내려 했던 일만큼이나 심각하게 문자를 위협하는 조건은 되지 못한다. 인터넷이 소멸의 위기에 빠졌던 '책'의 부활을 담보할 수 있음은 이렇듯 인터넷의 속성이 문자적文字的이라는 데 기인한다, 고 나는 생각한다.

사회적 물의가 일어날 때마다 일제히 쏟아지는 네티즌들의 아우성은 이를 반증한다. 그들의 아우성은 거두절미 문자로 이루어져 있다. 비록 그 상당수가 마구잡이긴 하지만 내가 낙관적 시선으로 보는 것은 이 마구잡이 아우성조차 문자로 되어 있고, 그것들을 책을 읽을 때와 똑같이 읽어야 한다는 사실 때문이다. 어느 날 《글을 어떻게 쓸 것인가?》라는 책이 베스트셀러가 되었다는 안내문이 인터넷 서점들의 홈페이지 대문에 일제히 게재될지 모른다. 그 책이 네티즌들의 필독서가 된 것이다.

인터넷, 혹은 전자책이 그동안 종이책이 누려 왔던 영광을 가로채 간다고 해서 고까워할 일이 아니다. 고결함 혹은 엄숙함이란 외양이 아니라 내면적 가치이고, 인터넷이나 전자책이 갖출 수 없는 것은 아니다. 매체의 변화는 중요하지 않다. 종이든 컴퓨터칩이든 그 안에 담긴 것이 중요한 것이다.

나쁜 예술가들은 언제나 서로의 작품을 존경한다.

– 오스카 와일드

입춘첩立春帖

  한겨울 추위 속에 '봄'이 '서'면 대문 앞에 넉 자짜리 입춘첩을 커다랗게 써 붙인 건 정말 멋진 일이었다. 입춘대길立春大吉이나 건양다경建陽多慶이 제일 많았고, 국태민안國泰民安이나 시화세풍時和歲風 같은 애국적 오지랖도 있었다. 우순풍조雨順風調는 농업사회의 전형적 입춘첩이었다. 물론 꼭 넉 자만 고집해 써 붙이는 건 아니었다. 개문백복래開門百福來 같이 다섯 자로 된 것도 있었다. 요즘도 가끔씩 시골에서는 입춘첩을 구경할 때가 있는데, 대문이 현대식이라 모양새는 어줍은 듯싶지만 그 흥취만은 예전의 그것에 뒤지지 않는다. 도시에선 눈을 씻고 봐도 찾을 수가 없는 게 입춘첩이다.

  입춘 무렵 해서 아파트 현관 우측 상귀에 조그맣게 입춘첩을 써 붙인 게 벌써 일곱 해가 되었다. 옛날의 법을 따르기는 하지만 어디까지나 내 맘대로 붙이기로 한 것이라 입춘첩 넉 자는 그때그때 생각나는 대로 내가 지어 써서 붙인다. 어느 해의 것은 '임맥과 독맥이 두루 통하다'라는 뜻의 임독올연任督兀然이었다. 재재작년의 것은 좀 거창한데 '아무도 모르는 높고 아득한 곳에 이르다'라는 글을 지어 붙였다. 덕분에 맘이나 몸이 모두 고생 좀 했었다. 제 능력에 비해 너무 거창한 뜻을 세우면 영육이 피곤해짐을 그때 알았다!

그래서인지 그 뒤 해의 입춘첩 글은 상당히 온건해졌다. 답근등원踏近登遠. '가까운 곳을 밟아 먼 곳에 이른다' 라는 뜻이다. '천 리 길도 한 걸음부터' 라는 우리 속담과 유사하다. 작년에는 '뿌리가 깊으면 그 열매가 무성하다' 라는 뜻으로 심근무실深根茂實이라고 지어 붙였었는데, 뿌리가 얕아 거둔 열매가 얼마 되질 않은 한 해였다. 올해 입춘에는 청기건안淸氣建安이라고 써서 붙였다. 기운이 맑고 몸이 건강해지기를 바라는 마음에서였다.

가만 생각해 보면, 이것도 보통 욕심은 아니다. 부지런히 움직이고, 부지런히 비워야 할 텐데······.

부유함에도 그 나름의 처절한 데가 있다.
부는 겁이 많고, 생에 집착한다.

– 에우리피데스

잘 먹고 잘산다는 것

리차드 리키와 로저 레윈, 두 인류학자가 지은 《오리진Origin》이라는 책이 있다. '우리가 어떤 동물인가를 제대로 이해하는 것이야말로 우리의 미래가 어떤 것인지를 제대로 알 수 있게 한다' 고 생각했던 두 사람은 다윈의 진화론이 세상에 나온 이후로 꾸준히 논의되어 온 인간의 기원에 대해 한층 심화된 이론을 내놓았다. 《오리진》의 성과 덕분에 인류 기원에 대한 탐색에 있어서 많은 새로운 접근 방법들이 개발되었고, 최초의 인류가 지구상에 나타난 시기를 5백만 년~6백만 년 전까지 거슬러 올라가게 만들었다.

사실 이 정도까지 멀리는 아니더라도 지금의 우리와 가장 가까운, 그러니까 현재 우리가 지니고 있는 유전자에 기록된 최소한의 시간적 거리만을 따져 보면 우리 인간은 약 10만 년 정도의 역사를 가지고 있다. 10만년 – 사실 이게 얼마나 긴 시간인지를 우리는 쉽게 가늠할 수가 없다. '현대' 라고 부르는 우리들의 시간은 겨우 100년 안쪽의 시간적 관성을 가질 뿐이며, 아무리 역사를 정밀하게 기록해 놓았다 해도 이 짧은 시간의 관성으로는 리키와 레윈이 설정한 수백만 년은커녕 10

만 년이라는 시간을 이해한다는 것조차 무리인 것이다.

우리가 그토록 자랑스럽게 여기는 '첨단'은 온갖 종류의 화려한 문명만을 생산해 낼 뿐, 시간의 이해 따위엔 관심을 보이지 않았다. 게놈, 혹은 지놈Genome이라고 불리는 인간의 유전자를 연구하는 과학자들은 이렇게 말한다.

"지금의 우리는 10만 년 동안 우리의 유전자가 누려 왔던 평온한 질서를 항상 거역하는 짓만 골라서 하고 있다. 인간이 언제부터 하얗게 표백한 포르말린 화장지를 썼는가? 인간이 언제부터 한 끼의 밥상에 육·해·공 온갖 음식을 차려 놓고 먹기 시작했는가? 언제부터 냉동실에서 얼음을 얼려 먹고, 액화가스로 밥을 지어 먹고, 전자레인지에 빵을 데워 먹기 시작했는가? 우리의 몸은, 즉 우리의 유전자는, 지난 10만 년 동안 매우 익숙한 틀을 갖고 있는데, 어느 날 갑자기 나타난 하루살이가 10만 년이나 먹은 대선배의 몸속으로 들어와 온갖 분탕질을 하고 있는 것이다. 그러니 그 몸이 '몸살'을 앓을 수밖에 없다. 당뇨병, 고혈압, 위암, 폐암, 자궁암, 정맥류, 류머티즘, 편두통이라는 '몸살' 말이다. 이 완치 불능의 '몸살'을 앓고 있는 것이 바로 현대라는 첨단의 시대에 살고 있는 우리들이며, 이러한 일이 일어난 것은 당연한 일이 아닐 수 없다. 10만 년 동안 유지되어 왔던 생활을 단 100년, 아니 2,30년 사이에 완전히 깨트려 버린 결과인 것이다."

쿠데타로 집권해 많은 사람을 죽인 터라 자신에게 원한을 품은 자가 음식에 독약을 넣을 거라고 항상 의심을 했던, 조선시대 임금들 중에서 가장 장수한 영조는 그래서 그의 수라상에는 세 가지 이상의 반찬이 오르지 못하게 했고, 그 덕분에 조선의 역대 임금들을 한창 나이에 쓰러뜨렸던 온갖 성인병으로부터 벗어나 장수를 누릴 수 있었다고 한다. 오늘 우리는 영조의 밥상은 따라올 수 없을 정도로 화려한 밥상으로 끼니를 때우고 있다.

영조의 밥상과 오늘 우리들 밥상의 차이는 지난 10만 년 동안 인간이 누려 왔던 단출한 식생활과 현대의 온갖 기름진 음식들로 차려진 밥상의 차이와 동일하다. 유전자 연구가들의 충고는, 현대란 어쩌면 껍데기를 탐닉하고 있는 것은 아닌지 자문해 보기를 권한다. 진짜 잘 먹고 잘사는 것이 무엇인지 곰곰이 생각해 볼 일이다.

나는 가끔 시를, 갱도 속 함정에 빠져서
미칠 것 같은 불안 속에서 자기를 구출해 줄
다른 갱부들이 오기를 고대하고 있는 사람에게
생기를 주는 희망과 비교해 보곤 했다.
그런 점에서 시인은 성자이어야 한다.

– 시어도어 필립 토인비

카피와 시

"앞으로는 광고 카피 한 줄이 예전에 사람들에게 읽혀지던 시 한 수의 힘을 감당할 것입니다. 그러므로 카피 한 줄을 쓰더라도 그것이 사람들에게 어떤 영향을 끼칠까 심사숙고하기 바랍니다."

꽤 오래전, 시인 박두진 선생은 문예지에 발표한 어떤 글을 통해 광고 문안을 만드는 사람들, 즉 카피라이터들에게 이런 요지의 부탁을 한 적이 있다. 그때는 광고 카피란 것이 대중들에게 지금처럼 익숙해지기 전이었지만, 박두진 선생의 이 말은 생각할수록, 그리고 시간이 흐를수록 더욱 섬뜩하게 느껴진다.

텔레비전, 신문, 잡지, 인터넷까지 – 사람들에게 들리고 보이는 수많은 화면과 지면 위에는 무수한 종류의 광고 카피들이 빛처럼 난무한다. 그 빛은 때로 교도소의 담장을 훑어대는 한밤의 서치라이트처럼 집요하고, 태양 광선처럼 강렬하다. 처음에는 눈과 귀에 설었던 문장들이 거듭 되풀이되는 사이 세뇌를 당하듯 그것들에 익숙해지고, 거기에 노출된 정신의 살갗은 피부암이라도 걸린 듯 허물을 벗겨 낸다. 속절

없는 항복이다.

　이제 광고 카피는 예전의 시가 들려주던 속삭임, 아우성, 절절함을
송두리째 장악했을 뿐 아니라 시의 그 힘을 능가하여 시의 소멸을 촉
진하고 있다. 광고 카피의 유치한 수사修辭는 소비자의 심장을 거짓 감
동의 화살로 관통해 버리고, 결국 쉽게 이해되지 못하는 시는 사장死藏
되어 그 무덤 위에 광고 카피라는 십자가가 꽂히는 형국이다. 오래전
한 노시인이 정중히 주었던 당부에 대한 값비싼 능욕이다.

당구를 잘 친다는 것은 젊음을 헛되게 썼다는 징표다.

- 찰스 루펠

더 게임

어느 날, 한 남자가 죽었다. 그가 죽은 곳은 PC방이었다. 그는 사흘 동안 PC방 의자에 꼼짝하지 않고 앉아 있었다고 했다. 그의 사망의 원인은 혈병血餅이었다. '병'은 먹는 '떡'을 뜻한다. 즉, 피가 '떡'처럼 뭉쳐서 순환이 되질 않은 것이다. 그 소식을 들은 뒤로 PC방 앞을 지날 때마다 나는 '피떡'이 생겨서 죽은, 내가 한 번도 만나 보지 못한 한 남자의 죽음을 떠올리곤 했다.

그는 죽기 직전까지 컴퓨터 앞에 앉아 있었다. 많은 사람들이 컴퓨터가 그 남자를 죽였다고 말한다. 그다지 틀린 말은 아니다. 하지만 컴퓨터가 만약 그를 살해한 범인이라고 한다면 우리 모두는 살인자와 아주 친숙하게 동거하고 있는 셈이다. 그를 통해 글을 쓰고, 편지를 주고받고, 먼 나라의, 꽁꽁 숨은 소식까지 듣고 전한다. 어느 날 그가 병(고장)이라도 나면 우리는 몹시 안타까워서 어찌할 바를 모른다. 그가 망가져 버리기라도 하면 며칠 사이에 새로운 그를 구입한다. 새로운 살인자를, 한층 업그레이드된 놈을 집 안으로 들이는 것이다. 희한한 일이지만, 사실이고, 현실이다. 살인자와의 동거 ─ 나는 지금 그의 얼굴을 정면으로 바라보며 이 글을 쓰고 있다. 살 떨리는 게임이다.

오래된 격언: 잠자는 개는 그냥 눕혀 놓아라.
그렇다! 많은 일들이 위기에 처했을 때,
언론은 이 격언을 제대로 실천해 내고, 그건 좋은 일이다.

– 마크 트웨인

언론은 없다

먼지를 뽀얗게 뒤집어쓰고 있는 스크랩북을 정리하다가 누렇게 삭고 바랜 1980년대 말의 신문조각 하나를 꺼내 다시 읽어 보았다. 〈유에스 뉴스 앤 월드 리포트US News & World Report〉의 사설인데, 유감스럽게도 왜 이걸 잘라 놓았는지 이유는 명확히 생각나지가 않는다.

"언젠가 오스카 와일드는 이렇게 말한 적이 있다. '오래전의 인간들은 고문대를 갖고 있었고, 오늘의 인간들은 언론을 갖고 있다.' 현대의 정부들은 이 사실을 너무도 잘 이해하고 있으며, 최근 몇 주 동안 그들은 자신들이 만든 고문 형틀을 언론을 상대로 세차게 가동하기 시작했다. 파나마에서는 노리에가의 하수인들이 언론인들의 한 숙소를 습격해 폭력을 행사하고 11명을 체포했다. 소련 정부는 아르메니아인들의 언론 취재를 원천 봉쇄했다. 남아프리카 공화국 정부는 외국 언론에 대한 강력한 통제를 지속적으로 펼치는 한편, 인종차별을 반대하는 시위를 취재 보도한 신문을 폐쇄시켜 버렸다. 이스라엘 같은 활력 있는 민주국가조차도 종교 행사일이 다가오자 요르단 강 서안과 가자지구에 대한 언론 취재를 봉쇄할 필요성을 발견했다. 이러한 사례들은 모두 검

열의 문제와 동떨어져 있지 않다. 마가렛 대처가 이끄는 영국 정부는 국가안보라는 보호막을 점점 더 많은 분야에 둘러치는 작업을 강력하게 시작했으며, 많은 아프리카 정부들이 서방 언론을 빈번히 통제하고 있다. 이라크나 이란, 사우디아라비아 같은 아랍 국가들은 그들에 대한 기사들을 면밀히 통제하고 있다. 루마니아와 알바니아는 언론 보도에 대해 거친 편이며, 홍콩과 말레이시아는 언론인을 대상으로 한 형사처벌법을 통과시켰다. 니카라과는 자주 검열에 의존하고 있으며, 파라과이는 언론 통제로 악명이 높다. 또한 라틴 아메리카의 나머지 국가들도 언론 통제의 수위를 점차 높이고 있는 추세다. 검열과 위협은 언론을 목표로 삼고 있는 것 같지만, 사실 그들이 노리는 것은 국민들이며 보아야 하고 알아야 할 진실에 대해 눈을 멀게 하려는 것이다."

늘 언론의 사명 혹은 본질을 전면에 내세우면서도 일정 부분 국익과 유관하게 그래서 의도적으로 언론관을 왜곡하거나 굴절시켜 온 미국 언론의 편향적 시각이 '잘 드러나 있는' 이 사설에서 궁극적으로 내가 읽으려 한 것은 미국 언론의 굴절이나 왜곡의 행태나 방법론이 아니라 그들이 항상 전면에 내세우는 언론의 사명이나 본질 그 자체였다. 국민들이 '보아야 하고 알아야 할 진실에 대해 눈을 멀게 하'는 현대 정부의 제 입맛대로인 언론 통제가 언론의 존재 근거를 박탈한다는 것, 그리고 자유민주주의의 근간을 뒤흔든다는 사실은 그야말로 삼척동자도 다 아는 사실이다. 그러나 삼척동자도 다 아는 이 일이 현실에서는 전혀 사실화되지 못한다. 통제를 행하는 정부는 통제라는 단어 자체를 거부하거나, 그 단어 앞에 '불가피한' 이라는 수식어를 붙인다. 결국 모든 것이 그렇듯 언론의 본질 역시 공허한 담론에 불과하다.

하지만 진정으로 공허한 것은 언론의 본질이 '우리가 보아야 하고 알아야 하는 진실을 밝히는 일' 이라고 개념화시킨다는 사실이다. 언론의 본질은 진실을 밝히는 일이 아니다. 언론은 언론인들의 밥벌이의 한 수단에 불과한 것이다. 그렇지 않다면 식당 운영의 본질을 국민의 영양과 건강 증진이라고 설정하는 것과 같다. 식당은 식당 운영자들의 재산을 증식시키는 것 그 이상도 이하도 아니다. 모든 설렁탕이 5천 원일 때 2천 원으로 설렁탕 한 그릇을 제공하는 탑골공원 인근 먹자골목의 한 허름한 식당의 본질을 전체 식당의 본질이라고 내세울 수는 없는 일이 아닌가.

대체 언제까지, 본질은 구현되지 못한다는 그로테스크한 논리를 진리로 간직해야 하는가. 객관적인 시각, 균형 잡힌 필치, 정의의 실현을 목표하는 직필 따위를 여전히 언론의 사명이니 본질로 삼는 것은 무의미하기 그지없다. 언론은 하나의 업종이다. 하나의 업종일 때 언론의 사명과 본질은 더 이상 객관성, 균형성, 정의실현이 아니다. 이것은 차라리 관보가 언론을 대신하던 왕조시대에서 훨씬 강력하게 찾아진다. 오늘은 목숨을 내놓고 춘추직필春秋直筆이 논해질 수 있는 때가, 미안

하지만, 아니다. 아주 드문 예, 가령 워터게이트에 신문사의 운명과 적잖은 언론인의 목을 걸었던 것과 같은 몇몇의 경우를 가지고 언론의 사명을 운운하는 것은 그야말로 침소봉대針小棒大식 과장이다. 이것은 마치 평소에는 엿이나 핫바지로 여기던 국민을 선거 때만 되면 위대한 유권자로 띄워 올리는 정치인들의 작태와 조금도 다를 바 없다. '언론'은 언론사라는 장사꾼이 명가의 보도처럼 휘두르는 개망나니의 칼에 불과하다. 대체 그 '언론'에 합당한 언론사가 어디 있으며, 그 '언론'에 걸맞은 '언론인'이 누가 있는가? 있으면 보도블록 한 장을 뜯어다가 내 머리통을 깨지도록 갈겨 보시라.

술이 들어가면 혀가 나오고,
혀가 나오면 헛말을 하게 되며,
헛말을 하면 몸을 버리게 되는 법.

― 유향劉向

잔 돌리기, 언제 끝날까?

　잔을 비운다는 뜻을 가진 건배乾杯는 술자리의 기본이다. 우리는 "위하여!"를 외치며 우의를 다지고, 마음에 깔린 앙금을 지운다. 하지만 이건 우리 본래의 주법은 아니다. 건배의 주법은 일찌감치 서양 문물을 받아들인 일본이 잔을 부딪칠 때 '브라보' 대신 '잔을 비우자' 하고 제 식의 외마디를 삽입한 것에 불과하다. 말하자면 건배는 일식화日式化된 서양 주법酒法인 셈이다.

　그러면 우리는 어떻게 마셨는가. 상하 개념이 엄격해서 손아래의 사람은 손윗사람으로부터 몸을 돌린 채로 잔을 비웠다. 잔을 부딪는 따위의 짓은 엄두도 못 낼 일이었다. 더구나 여염집 술자리에는 머리수가 좀 많으면 모인 사람들 모두에게 돌아갈 정도로 잔이 넉넉하지도 못했는데, 그래서 생겨난 것이 수작酬酌, 즉 '잔 돌리기'였다. 잔을 주고, 그 잔에 술을 따르고, 그것을 비우고, 도로 건네 술을 채우고, 하는 식이었던 것이다. 이 주법은 술판에 모인 모두에게 술잔이 주어질 정도로 살림이 넉넉해진 뒤에도 계속되었고, 오늘에도 유행하는 주법이다.

그런데 '수작'이라는 한자어에는 고약한 뉘앙스가 붙어 있다. 수작을 부린다는 건 곧 농간을 부린다는 말이고, 수작을 건넨다는 말에는 모종의 음모가 숨어 있다. 기실 술잔을 서로 건네며 은밀한 대화가 오가고, 술잔을 주고받으며 서로의 심중을 탐문하는 모양새는, 꽤나 정치적이다. 우의를 다지고 앙금을 푸는 것도 따지고 보면 정치적 행태의 하나이지만, 무엇보다 술잔이 오고가는 가운데 벌어지는 견제牽制와 공방攻防만큼 정치적인 것도 없다. 술에 약한 상대에게 집중적으로 술잔을 들이미는 걸 우의를 다진다고 할 수는 없는 일이며, 자기 잔에는 반만 채우라 해놓고 남의 잔에는 넘치도록 따르면서 앙금이 풀리길 기대할 수는 없는 일이다.

　　예나 지금이나 세상 돌아가는 품새를 보면 으레 술판이 생각나고, 술판에서 빠지지 않는 잔 돌리기, 즉 온갖 수작이 떠오르는 건 우리네 사는 모양새가 가히 징지적인 까닭이다. 왜 갑자기 궁금해졌는지는 모르겠지만 연전에 일어났던, 세계적으로 이목을 집중시킨 바 있는 황우석 박사를 둘러싼 이른바 '진실게임'을 인터넷에서 뒤지다가, 덜컥, 술자리에서 벌어지는 잔 돌리기의 전형적인 패턴을 발견했다. 하루 걸러 기자회견을 여는 모양새도, 서로의 허점을 따져 묻는 모양새도, 누가 더 술이 센가를 겨루는 술고래들의 치열한 '수작'을 방불했다. 술잔이 빈번히 돌아가면서 어지간히 취한 그들은 빠르게 진정성을 잃어 갔고, 진정성이 사라진 그곳에는 눈물과 하소연, 위협과 막말이 난비亂飛했다. 그 와중에 그동안 받아 오던 잔을 슬쩍슬쩍 테이블 밑에다 쏟아 버리고 열심히 안주를 집어먹으며 속을 채운 실속파들이 그들을 향해 잔을 돌리기 시작하면서 분위기는 반전되고, 나가떨어지기 직전의 그들은 도리질을 하면서 애써 취기를 털어 보려 하지만 쉽지는 않았다.

한데 나중에 술판에 끼어든 작자들의 너스레는, 술고래들이 취기를 빙자해 징징 우는 것만큼이나 꼴불견이 아닐 수 없었다. 하지만 이 작자들은 영민하고 뒤통수를 치는 데는 일가견이 있는 자들이라 실제로 자신은 맏술이라며 호기롭게 술잔을 털어 넣고는 이미 만취해 나가떨어지기 일보 직전인 진짜 술고래들을 향해 마구 잔을 돌려댔다. 거꾸러뜨리겠다는 심보가 적나라하게 펼쳐지는 이 모양새야말로 수작 중에서도 가장 '더러운 수작'이다. 그동안 시대의 양심을 자처해 온 몇몇 사람이 "나는 이미 모든 것을 알고 있었다"고 일갈하는 모양새는 아니꼽고 더럽고 메스껍고 치사하다.

나는 사람처럼 말하는 당나귀를 본 적이 없다.
하지만 당나귀처럼 말하는 사람은 많이 봤다.

– 하인리히 하이네

말들의 어떤 죽음

　인간이 지닌 특질을 가지고 인간을 지칭하는 여러 이름들이 존재한다. 대표적인 것이 두 발로 서서 걷는, 직립 보행하는 인간이라는 '호모 에렉투스' 다. 생각하는 갈대로서의 인간은 '호모 사피엔스' 라는 이름을 낳았다. 뭔가를 만들어 내는 존재로서의 인간은 '호모 파베르' 로 불리었고, 유희를 즐기는 특질은 '호모 루덴스' 라는 이름을 갖게 했다. 또한 다른 동물과 구별되는 윤리적 감각체로서의 인간은 '호모 에티쿠스' 가 되었다. 불교학자 고영섭은 자기를 넘어서는 어떤 보편적 원리(진리)를 위해 기꺼이 자신을 버리는 존재로 인간을 파악하여 '호모 부티스티쿠스' 라는 아주 독특한 이름을 만들어 냈다. 우리말로 옮기면 '보살적菩薩的 인간' 이 되는데, 불교학자다운 발상이거니와 개인적 소견으로는 인간에게 붙여진 것 중에 가장 아름다운 별명이 아닐까 싶다.

　'호모 로퀸스Homo loquens' 는 언어를 가진 존재로서의 인간을 지칭한다. 내가 하는 일이 언어와 밀접한 관계가 있어서인지는 모르겠지만 언어만큼 인간을 다른 동물과 구별시키는 것도 달리 없어 보인다. 독일의 실존철학자 하이데거는 '언어는 존재의 집'이라고 표현했거니와 그는 인간의 사고思考 자체가 언어의 형식으로 이루어진다고 했다. 굳이 하이데거의 실존철학을 빌려 오지 않더라도 우리의 삶에서 언어가 차지하는 가치가 참으로 크다는 사실은, 삶을 치열하게 살아가는 사람일수록 더욱 명료하게 느낄 수 있다. '세 치 혀'라는 말은 언어의 가공할 위력을 상징한다. 역사 속의 수많은 참화는 대부분 이 세 치 혀에 의해 시작되었다. 부처는 말로 짓는 업(구업口業)을 심히 경계했으며, 예수는 진리의 말을 알아듣기 위해 제대로 된 귀를 가지라고 설파했다. 진리는 또한 말에 의해 면면히 이어져 왔으며, 훈화訓話에 의해 전파되었다. 옛날 소설가는 '전기수傳奇叟'라 하여 저잣거리에서 사람들을 불러모아 놓고 얘기를 들려주던 사람이었다. 저 아테네의 철인哲人들은 뛰어난 변론가였다. 이들에게 있어 언어는 곧 생명이었다.

얼마 전 한문학에 조예가 깊은 한 이사 한 분을 만나 연전 한 일본인 학자(후지즈카 아키니오藤塚明直)로부터 기증받은 추사秋史 김정희金正喜와 관련된 '자료들'에 대해 얘기를 나누다가, 바로 이 언어의 문제에 대한 좀 암울한 결론에 도달한 적이 있었다. 이번에 기증된 도서 2천5백 권에 서화 46점에 이르는 방대한 자료는 기증자의 부친 후지즈카 치카시藤塚隣 씨가 우리나라의 인사동과 중국 베이징의 고미술거리(유리창琉璃廠)를 직접 돌아다니며 구입한 것들이었다. 10여 년 전, 조선시대 화가들에 대한 장편소설을 집필하던 중에 나는 후지즈카 치카시의 《또

다른 얼굴, 추사 김정희)를 참고한 적이 있었는데, 그가 어떻게 이런 책을 쓸 수 있었는지에 대한 궁금증이 이번 기증으로 풀린 셈이었다. 이번에 기증된 자료들을 통해 그동안 추사에 대한 여러 의문점들이 해소될 것이라는 희망과 함께, 이 자료들이 과연 능란하게 우리말로 번역되고 명료하게 해석될 수 있을까라는 우려가, 한의사와 나눈 대화의 주된 내용이었다.

지금의 우리는 불과 100년 전의 '우리(조상들)의 책' 조차 능란하고 명료하게 읽어 낼 수 없다. 그 사용하는 언어가 다르기 때문이다. 우리가 안고 있는 언어상의 진짜 문제는 이른바 '투글족'(신조어를 만들어 내는 인터넷 세대)과 기성세대의 언어적 괴리감이 아니라, 우리의 역사 거의 전부를 담지하고 있는 저 '한문(으로 쓰여진) 책'과 그것을 번역하기도 이해하기도 힘들어진 지금 우리의 존재론적 괴리에 있다. 이는 의외로 심각한 역사적 공동空洞을 야기할 수도 있다는 점에서 걱정되는 일이며, '호모 로퀸스' 로서의 존재론적 가치를 상실할 수도 있다는 점에서 절망적인 일이 아닐 수 없다.

나에게 충분히 길고 단단한 지렛대를 주시오,
그러면 간단히 지구를 들어 올릴 테니.

– 아르키메데스

'괴물'에 대하여

그래미상은 미국에서 가장 권위 있는 대중음악상의 하나다. 몇 년 전 그 상을 받은 어떤 곡은 이렇게 시작한다. "당신은 바보 미국인이 되기를 원하는가. 당신은 (전쟁을 부추기는) 뉴미디어가 지배하는 국가를 원하는가. 신경질적으로 질러대는 소리가 들리지 않는가. 우라질 미국……."

펑크록 그룹 '그린 데이Green Day'의 〈바보 미국인American idiot〉이라는 곡이다. 대학에서 일렉트릭 기타를 공부하고 있는 아이가 중학교 3학년 때 즐겨 듣던 노래의 하나였다. 이 중3 소년이 어느 날 고개를 슬슬 흔들며 내게 물었다. 반환된 미군기지에서 심각한 오염물질들이 발견되고, 평택 대추리에 건설되는 대규모 미군기지 문제로 우리 주민과 우리 정부 사이에 풀기 힘든 갈등이 빚어지고, 미국과의 FTA체결에 우리 정부가 앞서서 무릎 꿇고 들어가는 오늘 우리의 모습과 그린 데이의 노래가 통 연결이 되지 않는다는 것이었다. 요컨대 정작 미국인은 미국을, 그리고 미국인 자신을 욕까지 해가며 비판하고 있는데 우리는 왜 그들을 감싸 주지 못해 안달이냐는 것.

어떤 대답을 해줄 것인지, 나는 솔직히 엄두가 나질 않았다. 열여섯 살 소년의 의문을 제대로 풀어 주기 위해서는 에우아르도 갈레아노의 《수탈된 대지》와 에드워드 사이드의 《오리엔탈리즘》을, 《해방전후사의 인식》과 《5·18 광주항쟁 자료집》을 땀 뻘뻘 흘려 가며 파헤쳐 주어야 하기 때문이었다. 그러지 않으면 이스라엘이 레바논을 침공하는데 왜 미국이 적극적으로 도와주고, 그런 미국에 온 세계의 비난이 퍼부어지는데도 어떻게 부시란 사람은 희희낙락할 수 있는지를 요령 있게 이해시킬 수도 없고, 우리와 미국이 만들어 놓은 애정과 증오의 함수를 명확하게 풀어낼 수가 없을 것이기 때문이었다.

그때, 미국에 할 말은 할 것이라는 '공언' 덕분에 노무현 후보가 대통령에 당선된 거라고 굳게 믿고 있던 소년의 손을 잡고 〈괴물〉과 〈한반도〉를 보기 위해 영화관을 찾은 것은 꽤 괜찮은 발상이었다. 한강에 나타난 괴물의 실체가 '미국'과 무관하지 않으며, 그 괴물에 속절없이 당하면서 쩔쩔매는 형국이 '오늘의 한국(정부) 현실'과 또한 무관하지 않다는 것을 확인할 수 있었기 때문이다. 한편 〈한반도〉는 미국이 아니라 일본과 관계된 얘기였지만, 국가간의 대립과 갈등의 구조를 이해하는 데는 〈괴물〉보다 오히려 나은 텍스트였다. 특히 국가의 자존심을 세우려다 국익을 해친다는, 나아가 나라를 멸망에 이르게 한다는 보수론자들의 생각이 어떤 배경에서 이루어지는지를 단도직입으로 설명하는 부분은 명쾌했거니와, 일부 기득권 세력의 수구적 이기심에서 비롯

된 국익이란 것이 실제 국가의 이익과 얼마든지 상충할 수 있다는 부분은 이제 우리 영화가 현실의 역사를 심도 있게 다루게 되었구나 싶어 뿌듯해지기도 했다.

그런데 두 편의 영화를 보고난 열여섯 살 소년의 표정이 어째 개운치가 않아 보였던 기억이 난다. 소년과 함께 여러 각도에서 두 영화를 뜯어 보기 시작했고, 수백 년의 시공을 종횡무진 넘나들며 가만히 있어도 땀이 흐르는 무더운 여름날 며칠을 씨름했던 기억도 생생하다. 결과는, "그래도 여전히 미진하다"였던 것이다.

진땀 나는 여름의 한판 씨름도 비가 흩뿌리는 야스쿠니 신사를 참배하는 일본 수상의 당당함과 미군으로부터의 작통권 환수를 반미 행위라고 몰아붙이는 한국인의 의식구조를 똑 부러지게 설명해 줄 수는 없었다. 문득 역사, 국가, 인간 — 이 모두가 '괴물'은 아닌가, 하는 생각이 떠오르더니 오랫동안 사라지지 않았던 기억이 6년이 지난 지금도 등골을 서늘하게 만든다. 청년으로 자란 녀석의 일렉트릭 기타 소리가 무척이나 듣고 싶은, 아름다운 초여름 저녁이다.

먼저 사실을 확보하라,
그래야만 만족하는 만큼 그것을 비틀 수 있다.

– 마크 트웨인

나는 페미니스트가 아니다

아마도 나는 페미니스트일 것이다. 그것이 '여성을 존중하는 사람'으로 해석된다면, 아마도가 아니라 분명히 나는 페미니스트다. 나는 여성을 존중하며, 그들을 존중하지 않는 남성을 경멸한다. 하지만 나는 세상 사람 모두가 남성과 여성으로 이분되는 것을 달갑게 여기지 않는다. 남자는 51%의 남성성과 49%의 여성성을, 여자는 49%의 남성성과 51%의 여성성을 갖고 있다는 저 유명한 '49:51'의 논리 역시 이분화의 논법이기는 마찬가지라는 점에서 달갑지 않기는 마찬가지다. 하리수나 홍석천으로 대변되는 성적 소수자의 경우도, 일정 부분 남성과 여성이라는 이분법의 틀을 크게 벗어났다고 보지 않는다. 왜냐하면 트렌스젠더(성전환자)나 동성에자라고 할 때의 젠더나 동성도 결국 남성 아니면 여성이기 때문이다. 흑백과 빈부, 미추美醜에서 보혁保革까지, 모든 것이 이분되어 있는 세상도 안타깝지만, 가장 못마땅하게 안타까운 것은 바로 성이 단 둘로 나누어진다는 것이다. 모든 이분은 갈등과 전투를 동반할 수밖에 없으며, 그래서 페미니스트라는 말은 내게 달가운 용어가 아니다.

SF작가이면서도 노벨문학상을 탈 만한 사람으로 거론되는 어슐러 르 권의 과학소설 《어둠의 왼손》은 남성과 여성의 대립으로 빚어지는 '성전性戰'이 얼마나 부질없는 것인가를 상징적으로 형상화한다. 소설의 무대가 되는 '게센'이라는 행성에는 경공업만 존재한다. 중공업이 없는, 즉 힘쓸 일이 없는 세계에서 성의 구별은 무의미하다. 이 행성은 미래의 지구를 상상하게 만든다. 우리 역시 과학문명의 발달로 인해 예전에 비해 물리적 힘의 필요성이 현격하게 감소하고 있는 추세이며, 철저히 묵살되고 유린되어 온 '세상의 반'의 권리는 이 반감된 물리적 힘의 필요성에 반비례하여 증가하고 있다. 그리하여 마침내 가사의 부담과 출산의 수고마저 과학문명이 해결해 버린다면 더 이상 기존의 성 관념으로 여성을 소외시킬 수도 없게 될 것이다. 이 이후의 세계가 어떻게 될 것인지, 그렇게 되었을 때 우리가 구성할 수 있는 더 나은 세계는 어떠했으면 좋겠는가에 대한 방향을 《어둠의 왼손》은 적절히 제시한다.

　　《어둠의 왼손》에는 26일마다 남녀 변환이 가능한 독특한 생물학적 인간이 등장하는데, 이는 남성과 여성의 대립이 얼마나 무의미한 것인지를 증거한다. '게센' 행성에 사는 인간은 남녀 복합체다. 이 행성에서 '성도착자'라는 것은 동맹을 맺기 위해 게센에 파견된 지구인 '겐리 아이'에게 붙여진 별칭일 뿐이다. 겐리 아이는 남녀 변성이 불가능한, 성전환을 하지 않는 한 영원히 남성인 존재다. 게센에서 성적 소외자란 트렌스젠더나 동성연애자가 아니라 남성 아니면 여성이라는 하나의 성으로 고착된 겐리 아이, 즉 우리 지구인들이다. 게센인의 시각으로 본다면 우리는 성도 마음대로 바꿀 수 없는 '변태'며 '성도착자'인 것이다. 아무리 강력한 페미니스트 전사라 할지라도 게센 행성에 가면 '성적 고립자'에 불과하다는 이 SF적 사실은 우리가 행하고 있는 지금의 페미니즘 논쟁을 전혀 다른 시각으로, 혹은 좀 더 예민한 시각으로 바라보라고 주문한다.

이가 없으면 잇몸으로 살 수 밖에 없다. 남성 우월, 혹은 여성 비하의 이데올로기에 맞서 싸우는 '성전'은 이가 없는 세상에 잇몸으로 살아가는 지난한 인생을 연상시킨다. 잇몸으로라도 딱딱한 음식을 씹어 내지 못한다면 우리는 생명을 유지할 수 없다. 남자와 여자는 분리될 수 있는 하나씩의 존재가 아니라 바로 그 딱딱한 음식을 피가 나도록 씹어 가며 겨우겨우 유지하고 있는 '우리'라는 하나이 생명체다. 이 사실을 받아들일 수만 있다면 르 귄의 《어둠의 왼손》에 등장하는, 26일마다 변성變性하는 그 자유로운 존재는 유전자 조작에 의하지 않고도 충분히 가능하다. 그때 페미니스트는 변태 아니면 성도착자일 뿐이다. 그런 점에서 나는, 결코, 페미니스트가 아니다. 정말, 아니고, 싶다.

남자를 이해하는 방법들 가운데 최악의 것은
그들을 이성적理性的인 인간으로 파악하는 것이다.

– 아나톨 프랑스

남자들은
왜 집안일을 하지 않을까?

아내가 창립 준비 때부터 그야말로 '맨발 벗고' 뛰었던 춘천여성민우회가 어느새 만 10년이 되었는데, 그 열 돌을 기념해 발간하는 특별 소식지에 실을 원고를 청탁받았다. 아내가 주축 멤버라 매달 발간되는 소식지에 벌써 여러 차례, 이런저런, '남자에겐 참 못된 글' 들을 쓴 바 있었지만, 이번 원고는 아예 제목까지 딱 정해 주고 쓰라고 '협박'을 해 왔다.

– 남자들은 왜 집안일을 하지 않는가?

십분 이해가 가는 일이다. 남자들이 왜 집안일을 하지 않는지에 대해 이해가 간다는 얘기가 아니라, 이 질문이 왜 나한테 던져졌는지에 대해 이해가 간다는 것이다. 십중팔구 내가 '집안일 잘 도와주는 남자'로 민우회 안에 소문이 나 있기 때문이다. 하지만 나는 이 질문에 대한 답을 알고 있질 못한다. 제 시간에 꼬박꼬박 등교 잘하는 학생들이 어떻게 대답할 수 있으랴. "지각하는 애들, 도대체 어떻게 된 거야?" 하고 묻는 담임선생의 질문에!

남자들은 왜 집안일을 하지 않을까? 이 질문을 이렇게 한번 비껴가 보면 어떨까. 나는 왜 집안일을 좀(보다 조금 더 잘⋯⋯ㅎㅎ) 하는 것일까? 이유는 간단하다. 집안일이란 게 가짓수도 많고 힘도 많이 들어서 여자 혼자서 한다는 건 그야말로 '뼈골 빠지는 일'이란 걸 잘 아는 터에 사랑하는 아내의 뼈골이 빠지도록 내버려 두는 건 남편으로서 도저히 용납할 수 없는 일이기 때문이다. 이렇게 대답해 놓고 나니 갑자기 뒷골이 서늘해진다. "그래 너, 잘났다. 나는 뼈골 빠진 아내가 좋아서 집안일 절대로 안 한다"라는 서슬 시퍼런 남정네들의 소리가 들려올 것 같기 때문이다.

뒷골 서늘해질 얘기를 하나 더 하자면, 지금 내가 남는 손 조금 보태주는 데 지나지 않는 이 집안일이란 건 돌아가신 우리 '아부지'의 그 것에 비하면 그야말로 조족지혈鳥足之血(새 발의 피)이라는 사실이다. 남자가 아니면 엄두가 안 나는 일들, 가령 비가 새는 지붕이나 허물어진 담벼락을 고친다거나 다루기 힘든 큰 식기나 항아리 설거지 같은 것만 하신 건 아니었다. 새벽마다 엄마보다 먼저 일어나 연탄불을 갈고, 낙엽 진 마당을 쓸고, 추워지면 얼까 봐 수도에 헌옷가지를 동여맨 것도 아버지였다. 가끔은 간당거리는 교복 단추를 기워 주시기도 했고, 걸레질 하던 아버지를 본 건 헤아릴 수도 없다. 이런 아버지로부터 내가 배운 건 '남자의 일'이란 게 따로 있는 게 아니라는 거였다. 내게 만약 이런 아버지가 없었다면, 아마도 나는 불알이 떨어질까 부엌 근처엔 발걸음도 하지 않는 남자가 되어 있을지도 모를 일이다.

지금은 사어가 되다시피한 말 중에 '아내를 무서워하는 남자'란 뜻의 공처가恐妻家란 게 있었다. 사실 아버지는 동네 사람들로부터 공처가란 소리를 듣고 있었다. '아내를 사랑하는 남자'란 뜻의 애처가愛妻家가 당연히 맞는 말이었지만, 우리 동네 아저씨들은 아버지에게 공처가란 별명을 붙여 놓고는 그렇게 당신들의 '마초 기질'을 슬그머니 감추었던 것이다. 하지만 솔직히 말하면, 나는 공처가 소리를 듣는 아버지가 좀(보다 조금 더) 창피했다. 숭늉 그릇을 코앞에다 두고 "숭늉!" 하면서 거드름을 피우는 경식이 아버지로부터 나는 때로 위엄이란 걸 느꼈고, 양손에 무거운 보따리를 든 아내의 서너 걸음 앞에서 뒷짐을 진 채 여덟팔자로 걷던 영희 아버지로부터 때로 권위란 건 발견하곤 했던 것이다. 그게 가짜 위엄이고 엉터리 권위란 걸 알기 전까지는, 그게 부러운 일일 수밖에 없었다.

다시 원래의 질문으로 돌아가자.

"남자들은 왜 집안일을 하지 않을까?"

사실을 말하자면, 나는 이 물음에 대한 답을, 적어도 한 가지는 알고 있다. 하지만 드러내 놓고 말할 자신은 없다. 그건 생물적 성으로서든 사회적 성으로서든 남성과 여성의 문제를 넘어선 '인간'의 문제를 거론하는 일이기 때문이며, 그걸 발설했을 때 돌아올 비난의 화살을 맞고 견딜 힘이 내겐 없기 때문이다. 다만 이 질문이 여전히 계속되고 있다는 사실이 가슴 아플 뿐이다. 더 가슴 아픈 일은 이런 질문을 대놓고, 공공연히, 빈번하게, 사뭇 공격적으로 던지는, 가령 민우회 같은 단체나 이런 단체에 속한 사람들에게 적잖은 사람들이 고운 시선을 보내지 않는다는 것이다. 아내가 민우회에 10년씩이나 몸담아 왔다는 걸 알고 있는 30년지기 고향 친구는 가끔씩 전화 통화를 할 때면 혀를 끌끌 차면서 "잘 지내? 요즘은 안 맞고 살아?"

라고 농담을 던지곤 하는데, 대부분은 웃어 넘기고 말지만 어느 날엔가 나는 이렇게 말해 주었다. "남편 때리는 여자 혼내 주는 데가 민우회야, 이 사람아."

　　몇 년 전 손가락에 물집이 잡히고 간질간질해서 아내의 어릴 적 친구가 의사인 피부과엘 간 적이 있었다. 요리조리 내 손가락을 살펴보던 의사의 얼굴에 묘한 미소가 어리는 걸 보고 의아한 생각이 들었다. 내게로 건

너온 의사의 얼굴은 어딘지 모르게 익숙한, 얼마간 연민 같은 게 담겨져 있는 표정이었다. 처방전을 써 주면서 의사가 덧붙였다. "앞으로는 고무장갑을 꼭 껴요." 대체 무슨 증세냐고 묻자 의사의 대답은 간단했다. "주부습진." 의사이기도 하고, 아내의 친구이기도 한 그의 표정에 왜 연민이란 놈이 숨어 있었는지 의문은 풀렸지만, 왠지 좀 쓸쓸했다. 물론, 손가락을 간단없이 간질여대는 습진 때문만은 아니었다.

나는 나처럼 주부습진 앓는 '남자' 몇을 알고 있다. 그들 대부분은 세상이 내세우는 '남자답다'는 기준을 상회하는 사람들이다. 그러나 중요한 것은 대한민국의 보편을 상회하는 그들의 의식으로도 스스로

는 자신의 주부습진 않는 손가락을 껄끄러워한다는 사실이다. 나는 안다. 간질거리는 손가락에 연고를 바르면서 몇 번은 중얼거려 본 경험자로서. '이 정도까지 했으면 뭐 돌아오는 게 있어야지……'

왜 남자들은 집안일을 하지 않는 것일까? 주부습진이 무서워서? 일리는 있다. 하지만 의사의 말대로 고무장갑을 끼면, 좀 과장해서, 하루 종일 설거지를 해도 괜찮다. 그러면 왜? 어쩌면 고무장갑 때문일지도 모른다. 그럴 듯하다. 고무장갑은 여자의 손에 끼워져 있어야 한다고 생각하는 남자에겐 제 손에 그게 끼워진다는 사실을 쉽게 받아들일 수 없을 것이다. 하물며 그 손에 걸레나 빗자루를 쥐어 준다는 건 더욱 용납할 수 없을 것이다. 내가 아는 어떤 남자는 동사무소에 증명서를 떼러가는 것도, 은행에 돈 찾으러 가는 것도, 당연히 여자가 해야 할 일이라고 여긴다. 그에게 〈공자가어孔子家語〉의 저 처절한 문장은 그야말로 금과옥조金科玉條(금이나 옥처럼 귀중히 여겨 꼭 지켜야 할 법칙이나 규정)일 것이다.

"여자란 남자의 가르침에 순종하여 그 일을 돕는 자니, 어려서는 아비를 좇을 것이요, 시집을 가서는 남편을 좇을 것이며, 남편이 죽으면 아들을 좇아 두 번 시집가면 안 되느니!"

우스운 건 제 자식 똥기저귀 한번 갈아 주었을 것 같지 않은 이 남자에게 세상이 권위와 위엄을 묻는다는 것이다. 이런 남자가 사라지는 그 날이 민우회가 문 닫는 날이 될 것이다. 어서 민우회가 문을 닫았으면 좋겠다.

제3부

●

생각이 예쁘지 못한 어떤 사람의 생각

하루 일찍 달력을 걷어내도

　마지막 날 하루를 더 기다리지 못하고 4월 달력을 걷어 냈다. 5월 달력에 그려진 그림을 하루라도 더 빨리 걸어 놓고 싶은 욕심 때문이었다. 5월 달력에는 등나무가 그려져 있다. 오래전, 부모님이 사시던 집에는 큰 등나무가 한 그루 있었다. 그 그늘이 좋았고, 보라색 꽃들이 좋았다. 열흘 전 화분에 피었던 작약 꽃이 지고 있다. 아파트에서는 등나무를 기를 재주가 없다. 아파트의 봄은 아주 작다. 하지만 그 작은 봄도 아파트 밖의 커다란 봄보다 더 일찍 지는 법은 없다. 사라짐에는 작은 것과 큰 것에 차이가 없다.

성자가 오셨네

　부처님 오신 날이다. 성자聖者가 나기 전의 땅과 나고 난 뒤의 땅이 다르다고 한다. 성자가 없는 세상의 하늘과 성자와 함께 하는 하늘이 다르다고도 한다. 성자를 갖지 못한 사람들의 땅에서는 오직 제 입으로 들어갈 것만 만들어지고, 성자와 함께 하는 사람들의 땅에서는 남의 입으로 들어갈 것들을 짓는다고 한다. 성자가 사는 곳의 하늘은 헛된 기원에 물들지 않아 늘 푸르고, 성자 없는 곳의 하늘은 가물면 비를 기원하고 홍수엔 비 그치기를 기원하여 늘 뇌우雷雨와 갈막渴漠이 그치질 않는다고 한다. 오늘 후둑후둑 비를 내리는 저 하늘은 어떤 하늘인가?

바다의 결핍

어제는 느닷없이 바다를 보러 갔다. 참 이상하다. 바다 마을에서 태어나서 거기서 열다섯 살 먹도록 자란 나는 바다가 보고 싶다는 생각이나 충동을 거의 일으키지 않는데, 내륙에서 나서 자란 아내는 툭 하면 바다가 보고 싶다는 얘길 한다. 결혼하고 "바다가 보고 싶다"는 아내의 중얼거림 때문에 동해로 통하는 영嶺을 넘어간 게 적지 않았다. 아마도 이 현상은 자신에게 결핍된 것을 채우려는 맘 때문에 생겨난 게 아닌가 싶다. 바다가 부족하면 바다를, 산이 부족하면 산을 채우는 것. 원함이란 곧 결핍이니까. 우리가 그토록 사랑을 갈구하는 것도, 그러고 보면, 그만큼 사랑이 부족한 까닭은 아닌지.

아파도, 오, 해피 데이

몰아치듯 다녀온 바다 여행이 피로를 몰아왔는지, 침을 삼킬 때마다 온몸이 굵은 바늘로 꾹꾹 찌르는 것 같은 통증이 인다. 목젖이 생기를 잃어 축 늘어져 있고, 편도선은 잔뜩 부어 목을 만지기만 해도 "아이고, 아이고" 소리가 절로 난다. '삭신이 쑤신다' 는 말을 아주 실감나게

겪고 있다. 흔히 몸살이라고 부르는 이거, 오뉴월 감기인 듯하다. 그래
도 어김없이 컴퓨터 앞에 앉았다. 살업殺業의 하루를 또 살아야 하기 때
문이다. 기쁜 마음으로, 〈Oh, happy day〉를 듣고, 흥얼거린다.

따라가지도, 잡아끌지도 않는 삶

옛 속담에 '개를 따라가면 결국 측간廁間으로 갈 뿐이다' 라는 게 있다. 처음 이 말을 속담사전에서 발견했을 때 섬뜩했었다. 개를 따라가지 말아야지, 나는 개 같은 인간을 따라가지 말아야지, 하고 생각했더랬다. 그런데 알고 보니 그 말은 실은 그런 뜻이 아니었다. 사실 이 속담은 '너 자신이 개가 되지 마라, 너 자신이 개 같은 인간이 되지 마라'는 말이다. 남이 아니라, 자기 자신을 향한 경구警句인 것이다. 비가 내린다. 시원스럽게 쏟아지는 비는 아니다. 그냥 이슬비다. 하지만 좋다. 낮게 엎드려 빗물 솔솔 받아먹는 들풀이었으면 좋겠다. 누구를 따라가지도, 누구를 데리고 가지도 않는.

고추밭 단상

    정년퇴임을 하신 후 시골에 집을 짓고 텃밭을 가꾸며 사시던 장인어른과 장모님의 농사를 '조금' 도와드리던 때의 일이다. 땡볕이 물러난 오후 5시쯤 시작해서 두어 시간, 고추 150싹과 배추 30여 싹, 상추 약간을 심었다. 관절염이 악화되어 지난 겨울은 물론이고 며칠 전까지도 이런저런 병원과 약 신세를 지신 장모님은 3분의 2나 농사를 줄이셨다. 농사일이 본업이 아니니 그리 안타까울 건 없는데도, 장모님은 풀이 잔뜩 죽으셨다. 옆집 밭에는 하루 종일 일여덟 명 되는 사람들이 북적거리며 고추 모종을 심었다. 한 3천 싹 된다고 했다. 그분들은 그게 사업이다. 그런데 좀 쓸쓸했다. 지난 가을 그 밭에는 따지 않아 바짝 마른 고추로 가득 했었고, 그걸 오며가며 지겹도록 봤기 때문이었다. 고추금이 별로 좋지 않았던 건지, 아니면 미처 따 낼 일손이 부족했던 건지는 모르지만, 아무튼 파삭한 먼지를 뒤집어쓴 채 말라 가던 빨간 고추밭은 을씨년스럽기 짝이 없었다. 그런데 바로 그 밭에 다시 고추가 심어지고 있었다. 아무리 생명 있는 거라도 상품으로 가치가 없으면 쉽게 버려지는 것, 오늘 우리 사는 곳이 천국이 아닌 한 이유가 아닐까, 문득 생각했다.

어린 아버지

어린이 날이면 늘, 무슨 주술처럼 떠오르는 말 – '아이는 어른의 아버지.' 영국의 시인 윌리엄 워즈워드는 〈내 마음은 뛴다〉라는 시에서 이렇게 노래했다. "내 마음은 뛴다/ 하늘의 무지개를 볼 때/ 내 어릴 때도 그랬고/ 이제 어른이 되어서도 그렇다/ 늙어서도 그렇기를/ 아니 그렇게 죽어지기를!/ 아이는 어른의 아버지/ 내 생애의 하루하루가/ 부디 타고난 사랑으로 이어지기를." 무지개를 보면 마음이 뛰는 사람이 아니고서는 감히 아이가 어른의 아버지라고 말할 수는 없으리라. 늙어서도 가슴이 뛰기를 바랐다가, "죽기를!" 하고 말할 수 있는 용기가 아름답다. 인생을 참으로 사랑하는 자가 아니면 할 수 없는 말이다.

아버지 엄마

어버이 날이다. 내가 학교 다니던 시절에는 오늘을 '어머니 날'이라고 했었다. 그 무렵 5월 8일자 신문 한 귀퉁이에는 어김없이 '아버지들이 섭섭해 한다'는 걸 희화한 글이나 만화가 실리곤 했었다. 물론 그때 카네이션을 달 수 있는 자격은 어머니에게만 있었다. 그런데 인철이라는 내 친구의 아버지는 다른 아버지들과는 달리 해마다 5월8일이면 항상 카네이션을 가슴에 달고 계셨다. 인철이 아버지가 카네이션을 단 이유는 간단했다. 어머니가 일찍 돌아가셔서 인철이 아버지는 어머니 몫까지 다 하셨기 때문이었다. 재미난 것은, 아니 좀 가슴 아프기도 한 것은, 인철이 아버지에 대한 동네 사람들의 타박이었다. 그 타박은 말하자면, '어머니 날'에 아버지가 카네이션을 다는 것은 '규정 위반'이라는 거였다. 이제는 '아버지의 날'도 되는 오늘, 규정 위반이라고 타박을 받으시던 인철이 아버님 안부가 갑자기 궁금하다.

20년 묵은 분유통 재떨이

내가 사는 곳은 15층짜리 아파트 9층이다. 엘리베이터가 고장이 났을 때, 혹은 어쩌다 운동 삼아 계단을 이용하곤 한다. 그럴 때 재미난 걸 발견하게 되는데 그중의 하나가 계단에 놓여 있는 큼지막한 깡통이다. 대부분 1리터 이상짜리 분유통이나 주스통인데, 분명 쓰레기통은 아니다. 그게 놓여 있는 곳은 층과 층이 꺾이는 부분이고 어김없이 거기엔 창문이 있으며, 그 통 속에는 무슨 괴로운 사연처럼 짧고 비틀어진, 새까맣게 말라붙은 꽁초들이 들어 있다. 5살 위인, 대학에서 철학을 가르치는 형에게도 그런 깡통이 하나 있는데, 역시 그의 아파트 복도 계단 창문 밑에 얌전히 놓여 있다. 형의 그 깡통은 정말 오래되있다. 대학생이 된 형의 아들이 젖먹이일 때 쓰던 분유통을 여전히 '꽁초용 깡통'으로 쓰고 있는 것이다. 새 걸로 교체할 만한데 그는 바꾸질 않는다. 한번은 이유를 물었더니 좀 엉뚱한 대답을 했다. "난 그렇게 오래된 줄을 몰랐구나." 아인슈타인의 상대성원리가 그 오래된 꽁초용 분유통 속에도 고스란히 들어 있다.

극미의 우주

인체를 형성하는 세포의 크기는 보통 17마이크로미터/㎛라고 한다. 1㎛가 백만 분의 1m, 즉 0.001mm이니까 세포는 고작해야 0.017mm에 불과한 것이다. 이 크기는 우리가 상상할 수 없을 정도로 작아서, 확인해 보려면 결국 현미경에 의지할 수밖에 없다. 그런데 이 작은 세포의 중심에 세포보다 더 작을 수밖에 없는 핵核이란 것이 존재하고, 또 그 핵 안에 하나의 전체, 가령 인간을 이루는 23쌍의 유전자가 나선형으로 꼬여 있다고 하니 과연 극미極微의 세계에서 이루어지고 있는 일들을 생각해 보면 광활한 우주를 볼 때만큼 아득해진다. 인간은 4~5㎛ 크기의 정자와 20㎛ 크기의 난자가 만나서 열 달 후 그가 걸어가야 할 인생길을 준비한다. 너무 작아서, 거의 하나의 세포가 하나의 개체를 이루는 단세포동물에 불과한 이것이 '인생길'을 가기 시작하는 데 걸리는 시간이 10개월이라니, 아무리 생각해도 길어 보이지 않는다. 동물계 전체, 생명계 전체를 놓고 보면, 사실, 하나의 개체가 이루어지는 데 열 달은 무척 긴 시간이다. 9년을 갇혀 있다가 한철을 맴맴맴 울고 다시 영면의 길로 떠난다는 매미의 경우는 시간에 관한 또 다른 화두다. 삶이란, 그리고 죽음이란 참 난해하다. 어떤 그럴 듯한 자

(R)가 있어도 제대로 재어지지 않을 것 같다. 삶과 죽음은 마이크로미터의 세계로부터 거대한 우주까지 그 크기에 아랑곳하지 않고, 단 하루에서 수년까지 그 시간의 길이에 구애받지 않고 끊임없이 계속된다. 그리고 우리는 그것을 정확히 알 수 없다. 그저 살아갈 뿐이다, 라는 말이 참으로 지당하다. 그 뜻이 무언지 제대로 알 수는 없지만.

진짜 마법

　지금은 대학생이 된 아이가 초등학교 4학년이던 어느 날, 빙긋이 웃는 얼굴로 서재로 들어왔다. 손에는 책이 한 권 들려져 있었는데, 그맘때 푹 빠져 읽던 '해리포터'였다. "아빠, 이번 소설 끝나면 해리포터 같은 얘기 써 주세요." 그때까지 나는 해리포터 시리즈를 단 한 줄도 읽어 보지 못했지만 여기저기서 워낙 많은 얘기를 들은 터라 줄거리는 대충 알고 있었다. 나는 아이에게 왜 해리포터가 재미있냐고 물었다. 대답은 간단했다. 거기에는 '마법'이 있기 때문이라는 거였다. 그 마법은 가령 빗자루 타고 다니는 마녀나 양탄자를 타고 하늘을 나는 신드바드 같은 것과 다르지 않았다. 나는 갑자기 설교를 시작했다. "운아, 그런 것만 마법일까? 아침에 먹는 계란 프라이를 보자. 계란은 딱딱한 껍질에 싸여 있는 건데 그게 어떻게 프라이팬과 불 위에서 계란 프라이로 변하지? 아빠 생각엔 이런 것도 마법인 것 같아. 너 100미터 달리기를 하면 20초 정도 걸리지? 그런데 마라토너들은 40킬로미터가 넘는 거리를 항상 100미터를 17초로 뛰는 속도로 달리잖아. 마법이지, 아빠한테는. 우리가 9층에 살잖아. 어떻게 이런 높은 곳에서 밥 먹고 잠자고 그럴 수 있지? 네가 피아노 건반을 잘 두드리면 아름다운 노래가 되잖아. 이게 어떻게 된 일이지? 스케치북에 연필을 쓱쓱 그으면 과일이 되고 사람 얼굴이 돼. 그리고 거기다 색깔도 칠할 수 있어. 가만히 있다가 갑자기 무슨 생각이 떠오르지. 이건 도대체 어떻게 된 일일까? 슬프면 왜 눈에서 물이 생겨나지? 우주는 허공인데 어떻게 지구나 태양이나 달 같은 무거운 물체가 떠 있을 수 있지? 아빠 생각엔 이런 게 다 마법인데, 네겐 어떻니?" 해리포터를 쓸 수 없는 소설가 아빠의 변명에 잠시 멍해져 있는 아이는 분명 아주 잠깐이긴 했지만 마법에 걸렸음에 틀림없었다.

작은 인간

　인간을 작은 우주라고 한다. 이 말을 전적으로 부인하고 싶지는 않
지만 나는 경험의 차원으로까지 끌어올리지 못한다. 우주를 체험하지
못한 탓인지도 모르겠다. 우주를 체험함이란 광활함에의 체험을 의미
할 텐데, 인간으로 그 우주의 광활함을 맛보기 위해서는 이른바 삼매
三昧의 경지에 도달해 보지 않으면 안 될 것이다. 삼매는 산스크리트의
'samadhi'를 한자식으로 음차音借한 것이라 '세 가지 아득함에 빠지다'
라는 식의 문자적 해석은 별 의미가 없다. '사마디'라는 것은 물론 불
교에서 쓰는 말이다. 그 뜻을 불교사전에서 찾아보면 '잡념을 버리고
한 가지 일에만 정신을 집중하는 일'이라고 되어 있다. 그런 경지를 삼
매경三昧境이라 한다. 그런데 뜻풀이에 나온 '한 가지 일에 정신을 집
중하다'라는 것은 종종 오해를 불러일으킨다. 몰입을 가능하게 하는
수단으로서의 '한 가지 일'이라는 것은 실은 '없음' 혹은 '비워 냄'이
라는 보다 관념적인 차원의 얘기다. 즉, 한 가지를 가지는 것이 아니라
모두 비워 내는 것이라는 말이다. 그런데 선가禪家에서는 '한 가지'를

문자 그대로 해석하여 '화두 한 자락'이라고 확고부동한 철칙을 세워 놓는다. 그러나 이것은 결국 삼매 그 자체에 이르면 물거품처럼 사라져 버린다. 저 유명한 화두인 "이 뭐꼬?" 하나를 집요하게 묻는 일은 결국 거기에 대한 대답을 얻으려는 것이 아니라 그 대답을 얻으려고 묻는 행위를 수단으로 삼아 '모두 없애는 길'에 도달하려는 것이다. 인간을 작은 우주라 하거나, 우주의 광활함을 체험하는 삼매 등은 실은, 이렇듯 하나의 '걸림'이다. 이 모든 언표言表는 그 자체로 장애이며 하나의 물상物像이며 또한 허공虛空이다. 실체란 아무것도 없다. 이 없는 실체의 경험 – 이것은 결국 완전한 관념, 물상의 온전한 사라짐, 그것에 내한 경험일 것이다. 도대체 이를 어찌 경험하였다 할 것이며, 감히 경험하고자 하겠는가. 아득하고, 그저 욕심만 보일 뿐이다. 입을 굳게 다물어야 하는데, 또 주저리주저리 떠들고 있는 나는, 그저 작기만 한 존재일 뿐 결코 우주일 수 없다.

건강하게 죽어야 하는 이유

오래 묵은 스크랩북을 뒤지다가 서른여섯 살 먹은 젊은 전도사가 뇌종양으로 짧은 생을 마감하면서 자신의 시신을 '한국조직은행'에 맡겼다는 꽤 오래전의 신문기사를 보았다. 그의 몸은 한 달쯤 냉동상태로 보존되다가 화상이나 조직결손으로 인해 고통받는 사람들을 위해 쓰인다고 그 기사에 쓰여 있었다. 그의 피부와 뼈는 적게는 수십 명, 많게는 수백 명의 몸에서 되살아나게 된다는 것이다. 스크랩북을 덮고 한참을 생각에 빠졌다. 땅속에서 썩거나, 불에 태워져 한줌의 뼛가루로 뿌려지는 죽은 몸과 여러 사람들의 고통을 덜어 주는 '이식' 되는 몸의 차이 – 이 차이는 도대체 무엇일까를 고민한 것이다. 그다지 또렷한 결론을 내리지는 못했다. 다만 한숨 한 번 푹 내쉬고 이렇게 중얼거렸을 뿐이다. "일단 건강하게 죽어야지. 안 그러면 주고 싶어도 줄 수가 없잖아."

내가 사람이 아니라면

프란츠 카프카의 소설 《변신》은 어느 날 아침 일어나 보니 자신이 한 마리의 벌레가 되어 있더라는 것으로부터 시작한다. 최수철의 장편 《매미》는 한 직장인이 매미가 되어 버린 얘기다. 꿈에서 나비가 된 장자가 꿈을 깨고 났을 때 자신의 정체성에 대해 묻게 되는 호접몽의 고사는 모르는 사람이 없을 정도로 유명하다. "나는 누구인가?"라는 물음을 아주 적극적으로, 혹은 극단적으로 밀고 나가는 것은 삶에서 아주 중요한 일이다. 사실 정체성에 대한 탐색은 그 결과를 얻을 수 없는, 이른바 불가지론적不可知論的 문제일 것이다. 그런 점에서 자신을 '다른 존재'로 상정해 놓는 일은 이 질문에 대한 답을 얻는 데 유용하다. 그 다른 존재를 가령 벌레, 매미, 나비로 삼는 것은 그저 문학적 은유만은 아니다. 그럴 때 우리는 우주론적 언어로 '점프'를 하게 된다. 인간이기에 얽혀들 수밖에 없는 문제들로부터 벌레, 매미, 나비가 된 '나'는 얼마나 자유로운가를 물어보면 인간으로서의 '나'가 확연히 보일 수 있는데, 이러한 '보임'이 무언가를 '훌쩍 뛰어넘게' 해준다는 것이다. 수만 가지의 전생을 가졌다는 부처의 이야기는 어쩌면 수만 번에 걸친 이러한 '정체 찾기'였던 건 아닌지 모르겠다.

가슴 아픈, 아름다운 일기

루마니아 태생의 종교학자이며 문학가이자 신비주의자인 멀치아 엘리아데|Mercea Eliade(1907~1986)는 일기라는 것을 아주 훌륭한 문학이라고 보았다. "작가가 시간의 흐름 속에서 어떤 이미지, 상황이나 사상을 고정시킬 수 있다면 내겐 일기가 문학 장르로서 가장 완벽하고 윤리적, 심리적, 역사적 측면에서 가장 교훈적이라 생각한다"라고 그는 1945년 12월 15일의 일기에 적어 놓았다. 그의 1946년 10월 15일의 일기는 이렇다. "눈앞에서 빈곤의 유령이 떠도는 것이 보이기 시작한다. 1944~5년 겨울 동안 저금한 것, 그리고 리스본에서 책을 팔아 프랑스로 가져온 돈이 심각하게 바닥이 난다. 생활비를 줄이면 내년 봄까지는 살 것 같다. 그런 후엔 금팔찌, 구두, 옷, 책 등을 팔아야만 할 것이다. 봄까지는 갈리마르 출판사가 약속한 선금이나 번역료, BBC 강연료를 받았으면 좋겠다. 아무 일도 성사되지 않으면 모든 학문적 연구를 포기하고 다른 것을 하는 수밖에 없다. 기사 작성이나 번역, 아니면 육체노동이라도." 이 일기를 만나기 전까지 나는 엘리아데의 가난과 그 가난에 대한 마음의 굴절을 알 수 없었다. 훌륭한 일기가 보여 주는 역사성은 역사의 진정성이 거대 담론 속에만 있는 것이 아니라는 사실

을 증거한다. 어쩌면 거대 담론이란 픽션보다 허구적일지 모르는 일이다. 60억 개의 삶이라고 하질 않는가. 역사란 결국 발췌이며, 그것은 60억 개를 단 몇 개의 삶 속으로 구겨 넣는 것에 다름 아니다. 일기는 미약하지만, 성실한 역사적 보고報告일 수 있다는 것 - 눈물 나도록 아름다운 사실이다.

너무 커서 보이지 않는

엄청난 액수의 돈을 표현할 때 우리는 '천문학적'이라는 수식어를 가져다 쓴다. 천문학에서 쓰는 단위는 확실히 우리가 짐작할 수 있는 범위를 벗어나 있기 때문일 텐데, 사실 우리가 흔히 쓰는 km도 천 단위나 만 단위가 되면 그 거리는 만만히 짐작할 수 있는 범위를 벗어난다. 지구에서 태양까지의 거리인 1억5천만km를 1로 사용하는 천문 단위, AU(Astronomical Unit)는 천문학의 기본 단위다. 그런데 태양에서 가

장 가까운 별인 켄타로우스자리의 알파별 리켈 켄타우리까지의 거리는 무려 270,000 AU다. 그래서 좀 더 큰 단위가 필요해서 만들어진 것이 광년光年(light year)이다. 빛이 1년 동안 가는 거리를 기준으로 삼은 것이다. 빛은 1년 동안 9.46×10^{12}km를 간다. 이게 얼마만한 거리인지는 거의 이해할 수도 없지만, 아무튼 태양에서 가장 가까운 리켈 켄타우리까지는 4.3광년이다. 그러고 보면 아무리 엄청난 액수의 돈이라 해도 '천문학적'이라는 수식을 갖다 붙이는 건 확실히 어쭙잖은 짓이다. 아무리 많은 돈을 가졌다고 해도 어떻게 AU니 광년이니 하는 단위를 갖다 붙일 수 있겠는가. "우리가 인생에서 밤하늘을 몇 번이나 올려다보는가에 따라 그 인생의 참넓이 결정된다"는 말을 한 사람이 있었다. 내가 고등학교를 다닐 때 수학선생님이셨는데, 그분은 수업을 시작하기 전에 꼭 1, 2분 정도 눈을 감고 있으라고 하셨다. 훗날에야 그것이 일종의 '명상'이라는 걸 알게 되었지만, 그땐 그분이 그저 이상할 뿐이었다. 지금껏 나는 밤하늘을 몇 번이나 올려다보았을까? 바라보면 언제나 거기 있는 저 황홀한 천국을, 그렇게는 많이 보지 않았던 게 분명하다.

기계에 빠지다

    목욕탕에서 노래를 부르거나 휘파람을 불며 황홀해 한 경험은 누구나 가지고 있다. 방송국에 다니는 어떤 선배는 노래방을 갈 때마다 아나운서들이 쓰는 성능 좋은 마이크를 갖고 간다. 그 선배와 술을 마시고 노래방을 가게 되면 꼭 그 마이크로 몇 곡을 '때린다'. 정말 좋다. 마이크를 연결해 주는 노래방 주인이 깜짝 놀랄 정도로. 그 성능 끝내주는 마이크를 누군가 '작은 목욕탕'이라고 비유했다. 하지만 마이크와 목욕탕은 소리를 끌어내는 구조와 방식이 아주 다르다. 가령 목욕탕이 무한한 공명을 제공함으로서 목소리가 끊기는 걸 막아 주고 고음을 부드럽게 처리해 준다면, 문제의 그 '마이크'는 목소리를 완전히 그리고 완벽하게 빨아들여서 폐부 깊숙이 가라앉은 모든 소리의 입자들을 하염없이 끌어내는 마력을 지니고 있다. 나는 노래를 부르는 동안 환몽幻夢에 빠진 듯했다. 가수가 된 듯. 하지만 그 환몽에서 빠져나왔을 때 나는 부르르 진저리를 쳤다. 그리고 그 조그마한 '목욕탕'을 만지작거리며 중얼거렸다. "아, 이것이 기계라는 거구나."

가방만 보면 넣고 싶다

"사실이란 가방과 같다. 그 안에 뭔가를 집어넣기 전에는 제대로 서지 않는다." 이탈리아의 극작가이자 소설가이며 시인인 필란델로Luigi Pirandello(1867~1936)가 한 이 말은 서양 사학의 고전인 카E . H. Carr의 《역사란 무엇인가》에 인용되어 있다. 역사의 자의성을 예리하게 지적하고 있는 이 말은 비단 역사에만 해당되는 것은 아니다. 목소리 큰 놈이 이긴다는 속담도 있듯이 인간의 행태들 대부분은 본질과는 무관하게 '해석' 되거나 '주장' 되는 것에 의해 결정되는 것이다. 어떤 일이 한 사람 혹은 한 집단의 자의적 해석을 바탕으로 그(그들)의 목청의 강도에 힘입어 규정되거나 규명된다면 '토론' 이나 '화합' 따위의 단어는 사어에 불과하다. 더불어 '궁리', '명상', '사색', '인내' 라는 단어 역시 그 의미를 대폭 축소하거나 바꾸어야 할 것이다. 이 단어들은 '해석' 과 '주장' 을 위해 쓰일 뿐이기 때문이다. 그리고 보면 우리의 삶에서 왜 그토록 '전쟁' 이나 '카리스마' 같은 단어가 위력을 발휘했는지 알 만하다. '바퀴만 보면 굴리고 싶다' 던 어떤 시인의 시처럼, 푹 찌그러진 가방만 보면 뭔가를 집어넣고 싶어 하는 인간의 성정이, 문득 뇌리를 스친다.

망종

오늘은 한 해 24절기 가운데 소만小滿과 하지夏至 사이의 망종芒種이
다. 24절기는 태양의 황경黃經의 각도에 따라 나누어지는데 한 달에 두
번, 거의 보름에 한 절기씩 돌아오게 되어 있다. 이 절기는 춘하추동
4계절보다 훨씬 예민하게 하늘의 변화를 감지한 결과다. 가령, 3월 20
일경이 춘분春分이고, 그 보름 뒤인 4월 5일이 청명淸明이고, 그 보름 뒤
인 4월 20일이 곡우穀雨다. 그 보름 뒤인 5월 5일경에 여름이 서고(입하
立夏), 그 보름 뒤인 5월 20일경이면 세상이 생명들로 작게나마 꽉 들어
찬다(소만小滿). 그리고 오늘쯤에서부터 보름 동안이 곡식을 심기 좋은,
바로 망종이다. 원래 망종이란 벼나 보리처럼 까끄라기가 있는 곡식을
말한다. 이때부터 다시 보름쯤이 지나면 여름이 지극한 때가 오고, 그
지극한 여름이 보름 동안 계속되다가 작은 무더위(소서小暑), 큰 무더위
(대서大暑)를 또 보름 간격으로 치르고 나면 문득 아침저녁으로 소슬바
람 불어 오는 입추立秋다. 하지만 이때라도 아직 더위가 완전히 물러난
건 아니다. 그 보름 뒤에 더위를 완전히 '처리' 해 주는 처서處暑를 지
나 보내야 볕 좋은 가을을 온전히 기대할 수 있게 된다. 백로白露, 추분
秋分, 한로寒露, 상강霜降…… 그렇게 가을이 가고 겨울이 찾아오는 것

이다. 아, 달포마다 하나씩 아로새겨지는 스물네 개의 그 세세한 변화처럼 우리도 우리가 어떻게 할 것인지를 가름하여 주는 절기가 있었으면 좋겠다. 가령, 삶의 깊이 속으로 한없이 들어가는 침심沈心, 새처럼 가벼이 날아오르는 조비鳥飛, 하늘의 빛처럼 부서지는 광해光解, 보름 동안 줄창 슬픔에만 젖어 보는 애절哀切, 보름 동안 내내 웃음보만 터지는 소만笑滿, 연뿌리처럼 온 마음에 숭숭 구멍이 뚫리는 스산한 늦가을의 혈수穴愁, 발목이 푹푹 빠지는 눈 내리는 날 삶과 죽음의 무상을 벼락처럼 인식하게 되는 생사生死…… 그렇게.

꿈

이른 아침에 오음리로 넘어가는 배후령 정상에서 시작해 청평사로 내려가 점심을 먹고 배를 타고 소양댐을 가로질러 넘어오는 제법 긴 산행을 다녀왔다. 오후 두세 시쯤 버스를 타고 집으로 올 때만 해도 점심에 곁들인 잘 빚어진 동동주 탓에 샤워를 하고 나면 늘어지게 자겠구나 했는데, 웬일인지 자지도 않고 그저 빈둥빈둥 지냈다. 아주 큰 부자가 된 것 같이 넉넉해져 무슨 일을 해야겠다는 생각조차 전혀 들지 않았다. 참으로 오랜만에 느껴보는 마음의 여유. 사는 동안 내내 이러지 못할 법도 없겠구나, 하는 생각도 문득 들었다. 아니, 생각이란 게 아예 까맣게 지워져 버린 것 같았다. 아무 생각도 나질 않아 ― 그 말이 참 실감 나는 하루였다. 남가일몽南柯一夢이지, 뻔히 알면서도 즐거운.

똥

어떤 환경운동가의 강연을 텔레비전으로 보다가 깜짝 놀랐다. 방학 중에 자연학습을 시키려고 아이들을 데리고 시골을 찾았는데 오지의 벽촌인 탓에 화장실이 재래식이었단다. 이른바 '푸세식'에 겁을 집어 먹은 도시의 아이들이 농로에다 '응가'를 한 다음날, 주인 노인장이 아이들의 부모에게 좀 지나치다 싶을 정도로 화를 내기에 무안도 해서 슬쩍 "거름으로 써도 되질 않나요?" 하고 농담을 던졌단다. 그런데 노인 장은 고개를 절레절레 흔들더니 마침 뒷간에 볼일을 보러 가던 당신 손자를 부르시더니 도시 아이가 봐 놓은 바로 옆에다 똥을 누게 하고는 이렇게 말했다고 한다. "오늘 하루, 수시로 지켜봐. 왜 내가 자네들 아이들이 눈 똥을 거름으로 쓸 수 없는지 알 게 될 게야." 그 하루 동안 시간이 날 때마다 농로에 놓인 두 무더기의 똥을 살펴본 환경운동가는 섬뜩해지고 말았다. 노인장의 손자가 눈 똥에는 열심히 파리들이 날아와 식사도 하고 놀다 가기도 하는데 자신의 아이가 눈 똥은 완전히 파리들로부터 왕따를 당하고 있었던 것이다. 똥이라고 다 똥이 아니라는 얘기였다. 손이 저절로 배로 가더니 슬슬 문질러댔다. 사이보그의 배를 만지는 기분이랄까, 기분이 아주 좋지 않았다.

도道

중국의 연금술 하면 진晉의 갈홍葛洪을 맨 먼저 떠올리게 된다. 그의 호이기도 한 《포박자抱朴子》는 연금술에 있어서 주요한 저작물이다. 도교道敎를 논하거나 그 수행을 얘기할 때 빼놓을 수 없는 책이 바로 이것인데, 그 이름의 유래는 노자의 《도덕경》 제10장이다. 《도덕경》 제10장은 도道로 나아가는 방편을 말하고 있는데, 앎이란 허망한 것이니 그것을 다 잊고 그 흔적마저 끊어진 경지에 이른 뒤에야 비로소 깊고 오묘한 덕德에 부합하는 삶을 얻을 수 있다는 가르침을 담고 있다. 그 첫 대목에서 노자는 이렇게 묻는다. "혼과 백을 하나로 안아 능히 떨어지지 않게 할 수 있는가?載營魄抱一能無離乎" 경영한다는 의미이 '영營'은 옛날 주석에 의하면 '혼魂'이라고 풀이되고 있는데, 영백營魄은 곧 혼백魂魄이 된다. '혼'이라 하지 않고 '영'이라 한 것은 '營'이라는 말 속에 분주하게 움직인다는 뜻이 들어 있기 때문이다. 결국 '영백'이라 하는 말은 '분주하게 움직이는 혼과 고요하게 침잠해 있는 백'을 가리키는 것이고, 이 대조적인 둘을 하나로 껴안고 있으면서 그 둘이 떨어지고 흩어지지 않게 할 수 있느냐, 하고 묻고 있는 것이다. 주석가에 따라, '영백'은 다양하게 얘기되어진다. 우리 마음의 양면

성, 음양, 망상과 사려, 삶과 죽음 등 의견이 분분하지만 그 의미는 대동소이하다. 중요한 것은 이 대조적인 두 질료를 하나로 싣고(載) 껴안는(抱) 것이며, 또한 이들을 흩어지지 않게(無離) 하는 것이다. 갈홍의 별호가 바로 여기에서 생겨났다. 사실 그것이 두 개로 나누어져 있든 여러 개로 나누어져 있든 이질적인 것은 서로 함께 실릴 수가 없고 그것들을 하나로 안을 수는 없다. 빙탄불상용氷炭不相用이란 말이나, 기름과 물, 견원지간犬猿之間이라는 말들이 나타내듯 이질류異質類는 적나라하게 현시顯示될 수밖에 없다. 둘 혹은 여럿의 이질적 질료들을 안고 있는 인간의 마음은 끊임없이 갈등을 일으킨다. 선택은 허다히 번복되고, 한번 내려진 결정은 수없이 뒤집힌다. 애증은 시도 때도 없이 교차하고, 좋고 싫음의 대상들은 시시각각 변한다. 똥구멍에 털이 나든 말든 울다가 웃고 웃다가 울며, 오늘 욕한 자와 내일 만나 술잔을 부딪치고는 모레 만나 피 터지게 싸운다. 이것을 누구는 인간의 한계라 하고, 운명이라 한다. 한계나 운명은 돌파되어야 한다. 그 돌파의 한 방편으로 인의예지신仁義禮智信 오덕五德의 뒤편에 희로애락욕喜怒哀樂慾 오적五賊을 두고 항시 경계하라는 말씀을 성인들은 흘려 놓는다.

그리고 하루에 세 번 자신을 돌아보라고도 한다. 오늘 하루 내 마음을 항상 하늘에 두고 살았는지, 상대를 대함에 성실을 다했는지, 제 마음을 흩어 놓음에 방종하지는 않았는지. 조선 중기의 대학자이자 도학자道學者였던 회재晦齋 이언적李彦迪은 유배를 간 몸으로도 일일삼성一日三省의 끈을 놓지 않았다고 한다. "하늘을 섬김에 극진하지 못함이 있는가? 군친君親을 위함에 성실치 못함이 있는가? 마음가짐에 바르지 못함이 있는가?" 가시나무 넝쿨로 울타리를 친 위리안치圍籬安置의 상황에서 하늘 섬김의 극진함을 묻고, 그를 사지로 몰아넣은 임금과 만나 뵙지 못해 나날을 불효의 심정인 제 부모에게 성실하였는지를 묻고, 옳음을 위해 살아온 대가로 유적流謫에 처한 울분을 뒤로 물린 채 마음가짐의 바름을 물을 수 있었던 회재 선생은 가히 영백을 싣고 그 둘을 껴안아 능히 흩어지지 않게 하였을 듯하다. 27세의 어린 나이에

두 도학자(손돈숙과 조한보)의 '무극태극無極太極' 논쟁에 뛰어들어 도의
중요함이란 실천에 있음을 강변했던 그의 풍모를 미루어 보니, 아, 저
물녘 하늘이 아득하기만 하다.

시詩

정기구독을 하는 잡지가 배달되어 왔다. 판형도 조그맣고 두께도 얇지만 다른 잡지들에 비해 알찬 내용들이 많이 들어 있다. 그 안에 여백과 같은 '시' 하나가 놓여 있다. 19세기 독일의 시인, 하인리히 하이네 Heinrich Heine(1797~1856)의 〈편지〉라는 시다.

편지

당신이 보내 주신 편지를
나는 그다지 마음에 두지 않으렵니다
당신은 쓰셨습니다
'나는 이제 당신을 사랑하지 않습니다' 라고
하지만 그 편지는 너무나 길었습니다
열두 페이지가 넘을 정도로
정성스레 깨끗이 쓴 글씨
진정 당신이 나에 대해 싫증이 나셨다면
이토록 세심하게 쓸 리가 있었겠습니까.

몸과 마음, 글은 무엇으로 쓰는가?

많은 사람들이 몸을 이야기하고 마음을 이야기한다. 혹은 머리를 이야기하고 가슴을 이야기한다. 무릇 가꿈은 마음을 그 대상으로 삼으며, 그 씀은 가슴으로 하라고 이야기한다. 맞는 얘기다. 오늘도 몸보다는 마음을 가꾸고, 머리보다는 가슴을 쓰며 살리라 다짐하고 하루를 시작한다. 그러나 이게 얼마나 어려운 것인지를 또 절실히 실감하며 하루를 보낸다. 쉴 틈 없이 밀어닥치는 몸의 욕구와 멈출 틈 없이 돌아가는 머리의 움직임에 온통 휘말리며 하루를 살아간다. 주먹을 불끈 쥐고 사정없이 내 대갈통을 쥐어박는다. 아프다. 이를 어찌 삶이라 할 것이며, 너를 어찌 인간이라 할 것이냐! 꽝, 하고 내리친 대갈통이 울리면서 큰 소리로 그렇게 울부짖는다. 아픔 뒤에 슬픔이 몰려든다. 이대로 생의 끈을 놓고 싶을 만큼. 쓰는 일을 업으로 삼아 살아온 20년 세월을 돌이키면 결코 짧게 느껴지지 않는다. 그 어느 한순간도 몸보다는 마음을, 머리보다는 가슴을 염두에 두지 않았던 적이 없었다. 마음에 앞서 몸을 생각하고, 가슴에 앞서 머리를 쓰려 할 때마다 또 얼마나 혹독하게 나 자신을 나무랐던지 모른다. 용케도 내 머리엔 아직 한 올의 흰 머리칼도 돋지 않았지만 허옇게 사위어 간 가슴 밑바닥을 나는 안다. 하지만 어떻게 할 것인가. 그 고뇌의 20년 뒤 오늘 하루, 고작 A4 용지 한 장짜리 원고를 쓰기 위해 책상 앞에 앉았는데 아직 그 고뇌가 삭혀지지 않고 있다. 여전히 몸은 마음에 앞서 화르르 불 지르듯 달려가고, 머리는 가슴을 짓누르며 그 빠른 회전력을 자랑하기 위해 벌떡거린다. 쓰기 싫은 글 억지로 쓴다는 것 때문일지 모른다. 글쟁이에게 있어 쓰기 싫은 글이란 딱 하나밖에 없다. 그건 돈(=원고료) 받고 쓰는 글이다. 쓰면 돈이 들어오는 글, 말이다. 남의 돈 받고 쓰는 글은 늘 긴장하도록 만든다. 그냥, 툭 풀어 놓도록 놔두지 않는다. 자랑도, 푸념도, 남의 칭찬도, 도 닦는 얘기도, 자지러지는 웃기는 얘기도, 돈 받지 않고 쓸 때는 하나같이 신명 나지만 돈을 받고는 쓸 수가 없다. 거두절미, 돈 받고 쓰는 글은 신명이 나지 않는다. 마음보다 몸이 먼저 날뛰고, 가슴보다 머리가 빨리 돌아가기 때문이다. 죽일 놈은 돈이고, 더 죽일 놈은 돈을 만들어 낸 자본주의고, 더, 더 죽일 놈은 그거 하나 이겨 내지 못하고 푸념이나 늘어놓는 나 자신이다.

다른 세계

열대 초원에 사는 동물들의 세계를 생생하게 필름에 담은 다큐멘터리 〈사바나〉를 보면 아주 기괴한 장면 하나가 나온다. 꽤 오래전에 본 거라 아슴푸레한데, 아마도 마지막 장면이었던 것 같다. 광활한 지평선 위로 해가 떠오른다. 화면은 이글거리는 태양으로 가득 차고, 벌거벗은 채 기다란 창을 꼬나 쥔 토인 하나가 산정을 향해 올라간다. 내레이션에 의하면 그는 주술사다. 산정에 오른 주술사는 꼬나 쥔 창으로 땅을 쿵쿵 짓찧기도 하고, 창을 두 손으로 빙글빙글 돌리기도 한다. 그의 몸은 점점 알지 못할 신명에 젖어 가고, 그때 천천히 내레이터의 목소리가 흘러나온다. "1년의 단 하루, 사바나에는 모든 질서가 무너진다. 철저한 약육강식의 법칙은 이날만큼은 완전히 뒤집어지는 것이다. 사자의 추격으로부터 필사적으로 내달려야만 했던 영양은 이날, 사자를 향해 무섭게 돌진한다. 하이에나의 음흉하고 집요한 공격으로부터 언제나 목숨을 위협 당하던 톰슨가젤은 이날만큼은 아주 느긋하게 하이에나 사냥에 돌입한다. 원숭이는 표범의 뒤를 쫓고, 개미들은 개미핥기의 주둥이를 물어뜯는다. 오늘이 바로 그날이다. 모든 사바나의 질서가 뒤바뀌는 날인 것이다." 화면은 이 거짓말 같은 설명이 결코 거

짓말이 아님을 여실하게 보여 준다. 사자들은 원숭이와 영양들에게 허
둥거리며 쫓겨나고, 톰슨가젤의 무리는 하이에나를 궁지로 몰아세운
다. "동물학자들은 사바나에 왜 이런 현상이 일어나는지 그 정확한 이
유를 설명하지 못하고 있다"라는 자막이 떠오르며 다큐멘터리 영화는
끝난다. 일요일 오후, 20년도 넘은 기억의 사금파리 한 조각이 오수에
잠겼다 깬 내 살을 예리하게 후벼 팠다. 창밖 산녘의 초록빛이 문득 낯
설게 느껴졌다. 그것은 분명 '다른 세계'였다.

귀천貴賤과 고하高下를 버리다

　사마천司馬遷의 《사기史記》 중 〈안자열전晏子列傳〉을 보면 이런 얘기가 나온다. 제齊나라 재상 안자의 말을 끄는 마부의 아내가 어느 날 자기 남편이 안자를 말에 태우고 외출하는 것을 보게 되었다. 마부인 남편은 안자가 탄 말을 끌면서 의기양양한 태도를 보였다. 그날 남편이 집으로 돌아오자 그녀는 남편에게 이혼을 청했다. 남편이 깜짝 놀라서 도대체 이유가 무엇이냐고 물었다. 여자가 대답했다. "안자는 키가 육 척六尺이 못되는데도 한 나라의 재상으로 세상에 이름을 떨칩니다. 아까 외출하는 것을 보니 그는 행동이 조심스럽고 남에겐 겸손하더군요. 그런데 당신은 키가 팔 척八尺이 넘는데도 남의 마부가 되어 장한 듯 희희낙락하는 모양을 하고 있으니 내가 어찌 당신과 헤어지기를 바라지 않으리오." 마부의 아내가 보여 준 태도는 전율이 느껴질 정도로 단호하며, 아름답기까지 하다. 우리는 항상 자신의 위치에 맞는 태도를 요구한다. 재상이 취하는 태도와 마부가 취하는 태도가 달라야 한다고 생각하는 것이다. 하지만 이것은 우리 스스로가 파 놓고 빠져드는 함정이다. 살아가는 양식이 다르고, 그래서 여러 다양한 일들을 하게 되어 있지만, 또한 그래서 지위의 높고 낮음이 구별되게 되어 있지만, 그것이 한 인간의 마음의 지평地平을 결정하도록 놔 두어서는 안 된다. 하지만 우리는 그렇지 못하다. 마부의 아내가 보여 주는 당당함과 마부가 안자의 말을 끌며 의기양양해 하는 것은 엄청난 차이다. 마부가 고개를 번쩍 치켜든 것은 말에 올라탄 안자를 빌미 삼은 것이지만, 마부의 아내가 남편에게 당당히 이혼을 신청하는 것은 누구도 빌미 삼지 않는 독존獨存의 모습이다. 오늘의 나는 어떤 모습인가?

물이 흐르는 대로

저녁, 오랜만에 붓을 잡았는데 아내가 물끄러미 지켜보더니 뭘 하나 써 달라고 했다. 무얼 쓸까 하고 물으니 "물이 흐르는 대로"라고 했다. 나는 붓에 먹을 적시고 水流和動수류화동 넉 자를 썼다. 《삼국지》 첫머리에는 물을 만물의 기준으로 삼는다는 말이 나온다. 아무리 기울어진 곳에 있어도 물은 항상 평형을 이루기 때문이다. 수평水平은 이를 말한다. 희랍의 철학자 탈레스는 물을 만물의 근원으로 보았다. 노자의 《도덕경》에는 세상에 물만 한 것이 없다, 해서 상선약수上善若水라 했다. 물은 위에서 아래로 흐르며, 높은 곳에서 낮은 곳으로 흐른다. 굽이가

거칠면 거칠게 흐르고 넓은 곳을 만나면 정지한 듯 흐름이 느려진다. 막히면 고이고, 고이면 썩기도 한다. 물은 스스로 흐르는 것이 아니라 그 처함에 따라 움직일 뿐이다. 물은 의지를 갖지 않는다. 이 성정을 높이 사서 만물의 기준이 되고, 가장 높은 선善의 존재가 된 것이다. 하지만 똑같은 이유로 비난의 대상이 될 수도 있다. "학문은 물길을 거슬러 올라가는 것이다, 멈추면 뒤로 밀려날 뿐이다"라는 호학유자好學儒子의 언설은 여간한 압박이 아니다. 또한 고이면 그냥 썩어 갈 뿐인 물은 성실하지 못한 자를 탓할 때 흔히 들먹여지는 예이기도 하다. 따지고 보면 '水流和動'도 비난하자면 비난께나 받을 만하다. 한가하게 여유를 즐기는 것이 도끼자루 썩는 줄 모른 채 신선놀음이나 하고 있는 것으로 욕먹기 딱 좋은 것이다. 사실, 뭐든 그렇다. 누구는 최상의 인생으로 나물 먹고 물 마시고 들판에 누워 구름 구경하기를 치지만, 또 누구는 초 단위까지 정확히 돈으로 계산하여 한 치의 오차도 없이 살아야만 삶을 낭비하지 않는 최선의 인생이라고 한다. 뭐가 좋으냐 말할 수는 없다. 내키는 대로 택하는 것일 뿐. 물 흐르는 대로……?

안거安居

언제부턴가 선방禪房 흉내를 내며 여름이면 일정 기간 하안거夏安居
란 걸 들었다 나고, 겨울이면 또 동안거冬安居란 걸 들었다 나곤 한다.
집이 너른 것도 아니고 따로 머물 곳이 있는 것도 아니라 안거安居라고
해봐야 여느 일상과 다르지 않는데, 다만 서재로 들어서며 하안거라
고, 동안거라고 상념想念만 그렇게 할 뿐이다. 굳이 여느 때와 다른 것
을 찾자면, 안거 기간 동안에는 일절 잡기雜技를 하지 않고 글을 쓰거
나 책을 읽는 시간을 제외하곤 되도록 명상과 좌선을 하려 하는 것이
다. 이렇게라도 하는 걸 나 자신은 스스로 가상하게 생각을 하는 형편
이다. 물론 명색이 안거라 안거를 마치면 해제解制하는 게송偈頌을 빠
뜨리지 않고 읊는데, 그래 봐야 듣는 건 나 혼자뿐이지만 자못 숙연해
지는 면모가 없지 않다. 지난 겨울 동안거를 마치고 남긴 게송은 이러
했다.

不勝眼胞何曉星 불승안포하효성
无去心苦何寂空 무거심태하적공
無常也端口之處 무상야단구지처

汝愚兮靑口嘆聲 여우혜청구탄성

잠에서 깨지 않고 어찌 샛별을 볼 것이며
마음의 때 걷지 않고 어찌 텅 빔을 알 것인가
무상은 입 끝에 걸려 있고
그대 어리석음에 하늘이 탄식하도다!

동안거 동안 잡기를 몽땅 끊은 탓에 몸이 근질근질했는데, 안거를 끝내고 며칠 지나 가끔 바둑을 두곤 하던 사이트에 접속을 해서 내리 여섯 판을 두고 나니 머리가 휭휭 했다. 믹 사이트를 빠져나오려는네 대국 신청이 들어왔다. 'Ivan'이라는 아이디가 신기해서 톡톡 말을 걸었더니 내게 대국을 신청한 사람은 이반 드체노비치Ivan D' Chenovich라는 스물여덟 살의 러시아 청년이었다. 한국어를 배우고 있다는 것과 문학 지망생이라는 얘기에 솔깃해서 밤이 늦도록 바둑도 두고, 얘기도 나누었다. 내가 소설가라고 했더니 그 젊은 친구(!)도 부쩍 몸이 달아 주절주절 잘 떠들어댔다. 그런데 그 친구가 며칠 전, A4 세 장 정도의 짧막한 소설을 E메일로 보내 왔다. 콩트 정도 분량의 그 소설을 곰곰이 읽고 난 뒤(영어로 된 거라 읽고 이해하는 데 꽤 시간이 걸렸고, 또 제대로 이해했는지도 알 수가 없지만), 나는 그 소설이 장편소설로 늘어나도 참 재미있겠다는 생각을 했다. 소설은 모스크바에서 200킬로미터쯤 떨어진 '불행이 익사한 강으로 둘러싸인 곳'이라는 독특한 이름을 가진 시골 마을에 일곱 명의 인텔리들이 모여서 1년 동안 자기 자신이 아닌 철저하게 남으로 살아가는 이야기였는데, 그 '철저하게 남으로 살아간다'는 것이 상당히 매력적이었다. 이때 남이란 성자에서부터 창녀까지 아주 다양했다. 각자 캐릭터를 정해 놓고(부쿨이라는 성자, 닥터 지바고의 라라, 도스토옙스키의 소설에 나오는 이타주의자 키릴로프, 나스타샤라는 창녀 등등) 자신이 생각하는 그들의 삶을 마치 연극처럼 하루하루 살아가는 그 소설의 제목은 〈이중의 낙원Double Paradise〉이었다. 소설을 읽고 난 뒤 우리는 국제바둑사이트(ISG)에서 다시 만났는데, 채팅을 하다가 내가 그에게 농담처럼 제의를 했다. "이반, 〈이중의 낙원〉은 참 매력적인 얘기다. 장편소설로 쓸 수 없겠느냐. 그리고 똑같은 얘기를 나도 하나 써서 너는 러시아에서 발표하고 나는 한국에서 발표를 하는 거다. 모른 척. 그리곤 슬쩍 언론에 정보를 흘리면, 이런 기가 막힌 일이 있냐고 난리가 날 텐데.” 물론 농담이었지만, 사실 이것은 농담만은 아니었다. 인간의 삶은 사실, 두 겹, 세 겹, 네 겹, 한없이 중첩되어 있다. 우리가 연극을 보고, 혹은 소설을 읽고, 영화를 보고, 드라마를 보면서 그토록 매력을 느끼는 이유들 중의 하나가 바로 중첩된 삶 때문일 것이다. 그런 삶에 대한 향수든가, 연민이든가. 나는 학창시절 학년을 올라갈 때마다 새로 만나게 되는 친구들이 지난 학년 때의 같은 반 친구들 누구누구와 흡사하다는 ‘혼란스런’ 경험을 하곤 했다. 이 세상에 나와 비슷한 사람이 여럿 있을 수 있다는 사실은 나를 몹시 불쾌하게 만들었던 것이다. 나중에 알고 보니 나만 그런 게 아니라 다른 애들도 나와 비슷한 경험을 가지고 있었는데, 그래서 그것이 나만의 혼란이 아니란 걸 알게 되었지만 불쾌감은 좀체 지워지질 않았다. 나이가 더 들고, 나와 비슷한 고민을 훨씬 밀도 깊게 하고 있는 일단의 사람들을 만나게 되면서 나는 이것이 인간의 운명이라는 것을 알게 되었다. 이렇다면, 유전자 이식 따위를 거치지 않고도 이미 우리는 복제된 것과 마찬가지다. 우리가 만약 자신이 도달해야 할 어떤 가치를 상정해 놓고 끊임없이 거기에 도달하려 한

다면 우리는 이미 존재했던 어떤 삶을 재현하는 데 불과하다. 그것이 곧 복제가 아닌가. 그리고 그건 표절이기도 하다. 그런데 이 복제된 삶과 표절의 삶이 우리의 운명이라면……. 이반 드체노비치라는 낯선 이국의 청년은 이것을 〈이중의 낙원〉이라고 명명했는데, 과연 이 거짓 낙원으로부터 우리는 벗어날 수 있을까? 아니면, 벗어날 필요가 없는 것일까?

새벽의 의미

오줌이 마려워 새벽에 눈을 떴는데 3시 반쯤 되었다. 무겁게 짓누르는 눈꺼풀을 뜨는 둥 마는 둥 화장실을 다녀와서 물을 한잔 마시고는 한동안 침대 가에 앉아 있었다. 곧바로 다시 잠들지 않은 건 잠을 깨기 전에 꾸었던 꿈 때문이었다. 한 10여 분쯤 뒤, 나는 서재로 가서 메모를 했다. 물론 내가 꾼 꿈에 관한 것이었다. 두어 달 뒤엔 그게 단편소설이 되어 있을지도 모를 일이었으므로. 메모를 하고 나서 서재의 벽시계를 보니 4시 정각이었다. 부지런한 사람이라면 떨치고 일어날 시각일 수도 있겠지만, 다시 잠든다고 욕 들어 먹을 것도 아닌, 그런 좀은 어정쩡한 시각이었다. 만약 서재가 아니라 침실이었다면 나는 십중 팔구 아직 온기가 남아 있는 이불 속으로 기어들어갔을 것이다. 나는 바닥에 슬며시 앉아 숨을 고르고 이 하루 어찌 보낼까, 뜻밖의 명상에 들어갔다. 문득, 화두처럼, "새벽은 새 벽인가?" 하는 생각이 번쩍, 하고 머릿속에 불을 켰다. 새 벽? 한자로 쓰면 新壁신벽이 될 것이고, 영어로 하면 new wall, 뭐 이쯤 될까. 아무 상관도 없는 새벽의 벽을 담벼락의 벽이라고 우격다짐을 한 것은, 사실 새벽이 매일 벽처럼 다가오는 건 아닌가, 하는 생각 때문이었다. 물론 새벽의 어원을 살펴보면 전혀 다르리라. 기억이 부실하긴 하지만, 아마도 새벽은 '새붉'이 아닌가 싶다. 여기서 '붉'은 붉은색을 의미하고, 밝다, 크다는 뜻이기도 하고. 어쨌든, 이게 맞든 틀리든, 새벽녘 느닷없이 내가 잡아챈 화두 '새벽은 새 벽인가?'는 아침이 부윰하게 틀 때까지 내 뇌리를 떠나지 않았다. 호흡을 잊고 궁리窮理 속으로 빠져들어가 그야말로 이치(理)가 닳고 닳아 다 없어져 버릴(窮) 즈음에 문득 이런 생각이 떠올랐다. "벽은 스스로 만들어졌다. 그러니 그 벽이 스스로 허물어질 때를 기다리지 않으면 안 된다. 벽을 허물려 하는 것은 도로徒勞와 같다. 시간을 벽으로 삼는 것은 나 자신이지만, 무너뜨릴 수는 없다. 그것은 그 스스로 세워졌기 때문이다. 벽을 세운 것이 곧 업業이요, 그 무너짐을 기다릴 수밖에 없는 것이 숙명이다." 이치를 다하였으나 다시 이치로 돌아와 이렇게 또 하나의 벽을 세웠다. 저린 다리를 풀고 한숨을 길게 내뿜었다. 갈라진 블라인드 사이에는 여전히 어둠이 박혀 있었다. 벽 – 기약 없는 기다림의 또 하루, 그 완강한 벽이 턱, 소리를 내며 내 앞을 가로막는다.

전쟁에 대하여

헌리 제임스의 명작 단편 〈오언 윈그레이브Owen Wingrave〉는 전쟁을 필요불가결한 것으로 받아들이는 군인 가문의 사관후보생도인 청년이 돌연 반전평화주의자로 탈바꿈하여 군문을 떠나려 하면서 벌어지는 이야기를 섬세하게 그려 낸 작품이다. 전쟁을 범죄로 규정하려는 주인공은 당연히 집안은 물론 주위 사람들로부터 거의 정신병자 취급을 받게 되는데, 19세기 후반의 픽션이라고 치부하기에는 21세기인 지금도 여전히 유효하다는 점에서 섬뜩함을 가져다주는 소설이 아닐 수 없다. 치밀하게 짜 놓은 전쟁 시나리오를 따라 주도면밀하게 연출해 나갔던 부시를, 그의 선조였던 헌리 제임스가 봤다면 무슨 생각이 들었을까, 문득 생각했다. 남북전쟁을 이끌며 링컨은 이렇게 말했었다. "I believe in the Providence of the most men, the largest purse, and the longest cannon(나는 최상의 인력과 가장 큰 지갑과 가장 긴 대포의 섭리를 믿는다)." 남북전쟁의 최고실무자였던 링컨의 이 말은 전쟁의 필요불가결성을 비극적으로 드러낸다. 전쟁이란 막대한 인명의 손실과 재산상의 낭비를 가져옴에도 불구하고 치르지 않으면 안 된다는 강한 현실적 인식을 바탕에 깔고 있기에 링컨의 이 말은 가히 비극적이다. 하지만 이 말이 아무리 비

극적이라 해도 전쟁이라는 수단을 포기할 수는 없다는 현실 인식은 결국 인간은 신으로부터 구제받을 수 없는 존재라는 냉혹한 세계 인식을 가져다준다. 상대성이론의 완성자였던 천재 물리학자 아인슈타인은 전쟁을 이런 식으로 이해했다. "As long as there are sovereign nations possessing great power, war is inevitable(대세를 장악하고 있는 국가가 존재하는 한, 전쟁은 피할 수 없다)." 어찌 보면 너무도 당연한 이 말이 겨냥하는 것은 이른바 누구도 감히 대적을 꿈꿀 수 없는 '슈퍼 파워'의 부정적

이미지다. 단도직입으로 말하면 지금 이 슈퍼 파워를 가진 나라는 오직 미국밖에 없다. 빈 라덴을 숨겨 주고 있는 아프간 따위를 견준다는 건 코웃음 칠 일이다. 일제강점기에 스티븐슨이라는 미국인을 이봉창이라는 우리의 선조 한 분이 저격한 일이 있었는데, 말하자면 빈 라덴이 무너뜨린 것으로 알려진 쌍둥이 빌딩이나 거기서 빼앗긴 수만 명의 목숨, 혹은 산발적으로 일고 있는 전쟁억지세력의 노력 등등은 실은 '미국' 이라는 저 보이지 않는, 아니 볼 수 없을 정도로 어마어마한 슈퍼 파워에 비한다면 그야말로 새 발에서 나온 한 방울의 피에 불과하나. 그들은 세계의 대세를 장악하고 있으며 그들에게 있어 전쟁은 피할 수 없는 것이 아니라 피하고 싶지 않은 무엇으로 작용한다. 나머지 국가의 인민들은 그걸 또 그저 망연히 지켜볼 뿐이다. 빈정거리거나, 혹은 놀라면서. 18세기 계몽시대의 문학가이며 철학자인 볼테르의 전쟁관은 이 한마디에 요약되어 있다. "God is always on the side of the strongest battalion(신은 항상 가장 강한 군대의 편에 서 있다)." 볼테르의 이 말이 전쟁에 대한 독설이라고 생각하지 않는 사람은 아무도 없겠지만, 그러나 이 독설은 전혀 통쾌하지 않다. 왜냐하면 이 독설의 독은 저 강한 군대에는 어떤 영향도 미치지 못하기 때문이다. 그 독은 온전히 힘없는 군대의 종사자들에게 미칠 뿐이다. 그들은 곧 우리 자신들이다. 어떤 빈정거림도, 독설도, 움츠러든 우리의 마음을 펴 주지 못하는 21세기의 전쟁이 이미 수년 전 미국에 의해 시작되었다. 하지만 가만히 생각해 보면, 이런 전쟁은 인류의 역사에서 단 한순간도 멈추어지지 않았다. 공간과 시간을 달리했을 뿐, 인류는 죽고 죽이는 질곡의 삶을 살아왔다. 누군가는 주도했고, 그보다 더 많은 누군가는 뒤따랐으며, 그보다 더욱더 많은 누군가는 아침 햇살에 사라지는 이슬처럼 존재를 상실했다. 이것이 한 국가의 역사가 되고 세계사가 되었다. 변한 것은 없다. 21세기라고 달라질 수는 없을 것이다. 업의 윤회가 끊이지 않듯. 그러는 사이 우리는 우리의 존재를 또 상실하게 되고, 놓칠 수 없는 3대 구경거리의 하나인 '불구경'을 하는 놀라운 구경꾼이 된다.

무기력과 불가항력

생로병사生老病死 – 태어나서 늙다가 병들어 죽는 것. 인생을 어떻게 더 비극적으로 그릴 수 있을까 싶게 섬뜩하고 슬픈 운명의 행로. 이 운명의 행로로부터 인간은 누구 하나 제대로 비껴 나지 못한다. 하지만 이런 섬뜩하고 슬픈 운명을 갖고 있으면서도 "개똥밭을 굴러도 이승이 좋다"고 말하는 게 또한 인간이다. 그러고 보면 생로병사란 너무, 지나치게, 과장스럽게 인생을 뭉뚱그려 놓은, 그다지 사실적이지 못한 표현일는지도 모른다. '올 겨울이 가장 추운 법'이라는 속담이 있다. 매번 겪는 겨울의 추위건만 지금 닥친 겨울의 찬바람이 가장 매섭게 느껴진다는 뜻인데, 지금의 어려움이 가장 가혹하다는 뜻의 이 말은 지극히 현실적이다. 하지만 조금만 냉정해진다면, 조금이라도 자신에게 엄정해진다면, 혹은 어금니를 꽉 깨물고 눈을 꾹 감고 호흡을 낮고 느리게 하여 "나는 누구인가? 이 세상은 무엇인가?" 하고 스스로에게 묻는다면, 올 겨울보다 더 가혹하고 지독했던 어느 해 겨울을 떠올릴 수 있을 것이다. 더불어 지금의 겨울을 맞고 있는 우리가 얼마나 무기력한 삶을 살아가고 있는지를 어렴풋하게나마 알 수 있을 것이다. 늙어 병들어 죽을 운명의 존재인 우리는 개똥밭을 뒹굴면서도 한 자락 욕망에 속절없이 끌려 다니는 하찮고 나약한 존재다. 욕망을 가지고, 그 욕망에 끌려 다니고, 때로 그것을 실현하면서 우리는 "개똥밭이라도 좋다"는 담론을 만들어 내며 자위한다. 그리고 그것을 후인後人들에게 무슨 대단한 유산이나 되는 양 물려준다. "인생이란 그런 거야, 뭐가 그리 대단하겠어, 대단한 게 있다고 골머리 싸매는 인간들도 결국 병들어 죽게 되어 있단 말이야." 이 따위 개똥철학을 읊어대는 게 인간이다. 이 가증스런 자기 위안을 버리지 못한다면 결국 지금 닥쳐오는 겨울바람에, 언제나, 매번, 속절없이 무릎을 꿇을 수밖에 없다. 그리고는 결국 저 차가운 풍신風神이 내준 손바닥만 한 노변爐邊을 차지하기 위해 대가리가 터지도록 싸울 수밖에 없다. 어찌해 볼 수 없는 상황, 옴짝달싹 할 수 없는 지경, 무엇도 소용이 될 것 같지 않은 처지 – 이런 것을 두고 무기력하다거나, 불가항력이라고 표현한다. 하지만 이 표현은 결코 어떤 객관적 상황에 대한 묘사가 아니다. 어찌해 볼 수 없는 상황이란 전혀 객관적 정황일 수 없다. 그가 어떤 사람인가에 따라서 그것은 전혀 어찌해 볼 수 없는 상황이 아닐 수도 있기 때문이다. 무기력이란 절대적 상태를 나타내는 것이 아니다. 또한 그것은 어떤 '돌파'를 강요하지도 않는다. 그것은 나약함이라는 단어와 전혀 마찬가지로 그저 누군가의 지극히 개인적인 상태를 가리키고, 주관적인 판단을 나타내는 단어일 뿐이다. 엄밀하게 말하면, 모든 언어가 그렇다. 모든 언어는 객관적 정황, 상태, 사태를 정확히 나타낼 수 없다. 만약 우리가 생로병사라는 운명의 노예가 되고 싶지 않다면 먼저 그런 언어적 표현으로부터 벗어나야 할 것이다. 이것으로부터 벗어나지 못한다면 결국 우리는 무당이 미친 듯 흔들어대는 방울의 신세를 면치 못한다. 그가 흔들면 요란하게 딸랑거리다가 멈추면 순식간에 침묵하는 방울 — 이 처량한 존재의 입에서는 "어, 춥다, 추워. 그래도 여기가 좋아"라는 초라한 말밖에 나올 것이 없다.

뇌에 대한 어떤 별난 생각

공격적인 성향을 가진 정신병자에 대한 치료술 중에 '이마엽 앞영역 제거술Prefrontal lobotomy'이라는 것이 있다. 이 시술은 대뇌의 이마엽 앞부위가 공격성의 중추영역이기 때문에 환자의 공격적인 성향을 인위적으로 통제하기 위해 이 부분을 제거하거나 파괴하는 수술법을 말한다. 원래 이마엽 앞부위는 어떤 일을 계획하는 역할을 담당하는데, 특히 동기 유발의 기능을 맡는 곳이다. 영장류에게 특히 이 부분이 잘 발달되어 있는데 그중에서도 사람이 가장 잘 발달되어 있다. 동기 유발과 정서적 행동 및 마음가짐을 조절하는 이 이마엽 앞영역은 또한 예

견력을 발휘하는 곳이기도 하다. 명상이나 기공, 요가 등을 하는 사람들은 이 부위를 지속적으로 각성시키면 이른바 '초월적 능력'이 생겨서 미래의 일을 내다볼 수 있다고 말하기도 한다. 이렇게 중요한 기능을 담당하고 있는 이마엽 앞영역에 이상이 생겨 공격적 성향을 스스로 통제하지 못하게 될 경우 서양의 의사들은 이것을 제거하거나 파괴시키는 것이 문제 해결의 거의 유일한 해결책이라고 생각해 왔다. 그런데 이 이마엽 앞영역 제거술은 동기 유발 자체를 제어시킴으로서 정신병자의 공격적 성향을 통제하는 데는 큰 성공을 거두었지만 그와 동시에 '개인적 인격'마저 파괴하고 마는 심대한 부작용을 피할 수가 없었다. 이 시술은 흔히 '정체성 상실'이라고 표현되는 매우 근원적인 문제를 야기시킨 것이다. 하지만 어쩌면 이 문제는 의사의 입장에서는 불가피한 것이었을지 모른다. 이른바 '선택'의 문제인 것이다. 제어되지 않는 개인의 공격 성향을 멈추게 하는 일은 사회적으로는 중요한 일이고, 대의를 위해서라면 개인적 인격조차 '거세'될 수 있다는 식으로. 한 사회가, 혹은 한 사회의 어떤 집단이 행하는 행위의 근간을 우리는 흔히 '윤리'라고 부르는데, 공격성이 제어되지 않는 정신병자의 뇌 일

238

부를 잘라 내는 시술은 바로 그 윤리에 결코 반하지 않는다는 것이다. 그것을 문제 삼는 사람들은 당대의 윤리 자체를 문제 삼아야 하기 때문에 많은 어려움에 봉착할 수밖에 없고, 따라서 상당수의 의술 행위는, 이런 방식에 의해 대체로 묵인되어 왔다. 테러를 종식시키기 위해 아랍권 국가를 '공격'하는 미국의 위정자들은 아마도 '이마엽 앞영역'에 이상이 있을 것이다. 물론 그들은 테러범들의 '이마엽 앞영역'을 제거하고 싶어 하겠지만.

나는 '붉은 악마'가 아니다

"4,500만이 모두 붉은 악마가 될 때까지 우리는 함께 합니다." - 우리나라 최대 이동통신업체의 텔레비전 광고가 그렇게 시작되던 해가 있었다. 나는 그 광고를 볼(들을) 때마다 그 '원대한 꿈'에 혀를 내둘렀다. 죽었다 깨나도 대한민국 국민들 모두가 붉은 악마가 될 수는 없으니 결국 '영원히' 함께 하겠다는 뜻이기 때문이었다. 물론 그 광고문은 한국 국가대표 축구팀의 공식 응원단이라고 할 수 있는 '붉은 악마'에 대한 지원을 영원히 하겠다는 비장한 각오일 수도 있다. 하지만 그들의 각오가 왠지 내게는 전혀 비장하게 들리지 않을 뿐더러 오히려 가증스럽게 보인 것이다. 영원히 망하지 않는 기업이 되고자 하는 욕망을 젊음의 한 상징인 붉은 악마에 편승시키려는 그 가증스러움! 사실 나는 '붉은 악마'에 대해서도 그렇게 호의적이지만은 않다. 물론 붉은 악마라는 이름 때문은 아니다. 승리를 위한 지나친 집착, 과도한 호전성 등이 붉은 악마라는 이름에서 느껴지는 것은 사실이지만, 이름을 떠나 붉은 악마가 보여 주는 응원의 열기는 축구경기 자체를 가만히 즐기게 놔 두지 않는다. 텔레비전 화면은 때도 없이 그들에게로 돌아가고 그들의 환호는 경기 외적인 자극제로 구실한다. 그 자극은, 나같이 쓸데없이 예민한 사람에겐, 방송사의 상업적 목적을 달성하는 데 반드시 필요한 것일지 모른다는 상상을 하게 만든다. 중계방송의 효과를 극대화시키는 데 여러 모로 이용될 수 있는 요소로 붉은 악마의 응원의 열기가 기능한다는 말이다. 하지만 기실 내가 붉은 악마에 우호적 감정만을 느끼지 못하는 주된 이유는 일말의 폐쇄적 국수주의 경향 때문이다. 우리나라가 반드시 이겨야 한다는 생각은 운동경기를 전쟁처럼 보이게 만든다. 전쟁이라면 져서는 안 될 것이고, 이기는 데 기여하지 못하는 자는 반역자일 뿐이다. 응원은, 과도한 응원은, 늘 그런 불편함을 제공한다. 모든 운동경기는 승부를 가린다. 그리고 모든 경기자는 승리를 위해 뛰고 달리고 생각한다. 하지만 승리와 패배는 한 경기가 끝났을 때 드러나는 지극히 일순간의 사건(사태)에 불과하다. 그 일순간의 결과에 비한다면 승리를 위해 뛰고 달리고 생각한 시간과 그 시간 속에서 일어난 사건(사태)의 양은 엄청난 것이다. 그러나 그 엄청난 양의 시간과 사건(사태)은 승부의 갈라짐이라는 지극히 단순한 사건(사태)에 묻혀 버리고 만다. 기실 그것은 묻혀 버리는 것이 아니라 선수와 관중이 묻어 버리는 것이라고 해야 옳다. 다시 말해 승리하면 웃고 패배하면 울기 위해 그 엄청난 시간과 사건(사태)의 긴 터널을 지나온 것이다. 그래서 1등만이 웃을 수 있을 뿐이다, 마지막에 웃는 자가 진정한 승리자다, 따위의 천박하기 짝이 없는 도취와 열패劣敗에 제 삶을 송두리째 바치고 만다. 그래서 스포츠는 일회성의 오락으로 전락해 버린다. 붉은 악마들의 순수하고 뜨겁고 가열 찬 응원의 열기 속에서 머리에 질끈 수건을 동여매고 자동소총을 든 람보의 불타는 애국심을 함께 보아야 하는 나는 그래서 축구경기를 보면서 늘 찜찜하다. 스포츠는 결코 전쟁이 아니다. 목숨을 걸고 더 많은 상대를, 더 잔인하게 죽여야 하는 람보를 스포츠는 필요로 하지 않는다. 스포츠가 가치를 지닌 것은 승부의 가름 때문이 아니다. 만약 승자와 패자가 있기 때문에 스포츠가 존재한다면, 스포츠에서 인생을 배운다는 말은 그리 대단한 의미를 지닌 경구警句라고 할 수 없다. 거두절미, 싸우지 않는 것이 인생의 최고 덕목 아닌가?

크리스마스 악몽

크리스마스다. 크리스마스를 생각하면 맨 먼저 나는, 아기 예수, 베들레헴, 산타클로스가 아닌, 가리옷 유다를 생각한다. 그로 인해 한 젊은이가 세상의 빛이 되었기 때문이다. 빛이란 당연히 암흑으로부터 쏟아져 나오듯 예수는 허름한 마구간에서 났다. 하지만 그 빛이 너무 강렬한 탓이었는지 우리들의 눈은 어둠을 감지할 시력을 잃어버렸다. 우리는 우리가 둘러싸여 있는 어둠을 보지 못한다. 빛과 어둠은 다른 두 개의 질료가 아니다. 그들은 함께 세상을 구성한다. 유다와 예수는 함께 이 세상을 꾸미는 존재들이다. 만약 악몽이 없다면 우리는 영원히 잠에서 깨어나고 싶지 않을 것이다. 그러면 삶이란 없을 것이다. 오늘, 우리를 둘러싸고 있는 근원인 어둠을 악몽만큼이나 생생하게 보고 싶다. 모두들 화이트 크리스마스를 기대하는 오늘, 크리스마스 악몽을 기다리는 나는 참 이상하게 옳다, 고 중얼거린다.

비유를 버리는 용기

인간의 가장 큰 비극은 '있는 그대로'를 향유하지 못한다는 것이다. 우리는 술을 마실 때에도 25도, 40도, 60도의 주정酒精을 마시는 것이 아니라 쓰디쓴 고뇌와 불만과 혹은 억누를 수 없는 흥겨움을 마신다. 우리는 술을 마시는 것이 아니라 '술이 상징하는 무엇'을 마신다. 존재의 향유를 모르는 우리는 아름다운 정원을 가졌으나 그것을 지킬 수 있을 뿐인 부호富豪와 정원을 가지지는 않았으나 그 곁을 지나며 정원의 아름다움을 한껏 누린 거지를 내세운 임어당의 비유에 의해 간신히 그 저변을 이해할 뿐이다. 우리는 존재도 칼도 가지고 있지만 우리 자신의 존재를 향해 칼을 들이대지는 못한다. 그저 그 주변을 어슬렁거리며 시위대처럼 함성을 지르든가 아니면 못 본 척 지나친다. 자신의 손에 들린 칼에 찔릴까 봐 두려워 떨면서도 이 비겁하고 나약한 생명을 신이 주신 선물이라고 시간만 나면 떠들어댄다. 우리는 '생명' 대신 '신이 주신 선물'을 살고 있는 것이다. 비유는 하는 것이 아니라 당하는 것이다. 존재를 비유할 때 그만큼 존재의 가치는 상실된다. 나무에 비유할 때 나무의 몫만큼 우리의 존재는 사라진다. 호수, 안개, 그림자, 칼, 정원, 술, 십자가, 구름, 침묵—그 어떤 것도 생을 비유할 수 없다. 아니 비유할 수는 있다. 그러나 거기에서 어떤 훼손도 없는 존재를 찾을 수는 없다. 생生은 날 것이다. 튀겨 낸 것도, 삶아진 것도, 쪄진 것도, 구워진 것도 아니다. 그것은 비린내를 풍기는 그 자체다. 튀기거나 찌거나 굽는 것은 날 것에 대한 두려움이 만들어 낸 요리법일 뿐이다. 생이란 요리되어질 수 없는 무엇이고, 요리되어져서는 안 될 무엇이다. 내가 한 일이란 무엇인가? 하나같이 생의 비유를 만들어 내는 일이었다. 함께 존재의 무덤으로 가자는 구호였을 뿐이다. 문자의 구술을 이리저리 꿰어 목걸이를 만들고, 날 것의 생을 요란하게 치장하였을 뿐이다. 억울하고, 부끄럽다.